Chloe's Requiem
クロエのレクイエム
infinito
原作――ブリキの時計
著――黒川実・高崎とおる
イラスト―市ノ瀬雪乃

クロエ・アルデンヌ
呪われた館に住む少女。素直で人懐っこく、ミシェルが館を訪れる以前から、ミシェルを知っていた。
ミシェル・ダランベール
呪われた館に迷い込んだ天才少年ヴァイオリニスト。嫌いなものはヴァイオリンと演奏会。口数が少なく無愛想。
Illustration by 市ノ瀬雪乃

ピエール・ダランベール
ミシェルの双子の弟。性格は陽気で社交的。昔はよく兄の伴奏者を務めていたが、最近は舞台に姿を見せない。
シャルロット
ダランベール家の新米メイド。内気だが少し思い込みが激しい一面あり。ミシェルに想いを寄せている。

アラン・アルデンヌ
クロエの父親。独特の世界観で多くの人々を魅了する天才作曲家。優れた芸術家だが常に黒い噂が絶えない。
Illustration by 市ノ瀬雪乃

原作――ブリキの時計
著――黒川実・高崎とおる
イラスト―市ノ瀬雪乃

Chloe's Requiem
クロエのレクイエム
infinito

角川書店

Chloe's Requiem
~infinito~

【　序　曲　】

Chloe's Requiem
~infinito~

――ゴトン。

靴底から伝わって背骨まで響いた微《かす》かな振動に、作曲家アラン・アルデンヌは、それまで無我夢中で楽譜を書き散らしていた右手を止めた。

アランは机の隅に投げ出していた懐中時計に目を向ける。時刻は午前二時を回っていた。いつの間にか室内を照らす蠟燭《ろうそく》も、ずいぶん短くなっている。久しぶりに時間を忘れていたらしい。

アランは薄く笑ってカーテンの隙間《すきま》から外の景色を眺めた。窓の外では季節はずれの嵐が荒れ狂い、雷鳴が轟《とどろ》いている。

「――運命の夜にはふさわしい舞台だ」

アランは満足げに顎《あご》を撫《な》で、自分が書き綴《つづ》った楽譜をいとおしむように見つめた。

今夜は長い歳月を費やして創り上げてきた〝最高傑作〟の完成を控え、珍しく気分が高揚している。吹きすさぶ風の音も、アランの芸術に対する情熱を邪魔することなどできない。

――ゴトン。

靴底に伝わる二度目の振動。アランは羽根ペンを置いて意識を研ぎ澄ました。

それは重くて硬いものを引きずるなにかが、ゆっくりと階段をのぼってくる音だ。

それは少しずつ、少しずつ、この部屋に——アランのもとに近づいてきている。

「……ついに待ちわびた運命の刻《とき》が訪れたらしい」

アランは芝居がかった口調でつぶやき、書きかけの楽譜に名残惜しげな視線を落とした。

できれば一度、最後まで通しで弾いておきたかったが仕方ない。

アランは楽譜に素早く自分の署名をいれて、こちらへ近づいてくる音に耳を澄ます。

ガコンと鈍い音が響く。ついにそれが長い階段をのぼりきったのだ。

それはホールを突っ切り、まっすぐにアランを目指して走ってくる。

ザリザリと鋼が床板を削る音が次第に大きくなって、ぴたりとアランの部屋の前で止まった。

音もなく扉が開いた。むせ返るような血のにおいが一気に室内になだれ込んでくる。

それが部屋の中に足を踏み入れた瞬間、窓の外で雷光がひらめいた。

白い光が招かれざる訪問者の異様な姿をくっきりと照らし出す。

もつれた白く長い髪、返り血に染まるワンピース、赤く濁った両目は狂気と憎悪にぎらぎらと輝き、ひび割れた唇には歪《ゆが》んだ笑みが浮かんでいる。

その手で鈍く輝いているのは長剣——中世の騎士たちが効率よく人を殺すために愛用した武器だ。

確か曾祖《そうそ》父《ふ》の代からアルデンヌ邸の玄関ホールに飾られていた骨董《こっとう》品だったが、どろりと赤い鮮血が刃を濡《ぬ》らしているところを見ると、まだ十分に使えるシロモノだったらしい。

「……素晴らしい」

ため息のようにつぶやいたアランの賞賛の声に、それがぴたりと歩みを止めた。

返り血を浴び、武器を持ち、自分にあからさまな敵意と憎悪を向けているそれを前にして、アランは恐怖も絶望も感じていなかった。その顔に浮かぶのは純粋な喜びと感動だけだ。

「実に素晴らしい、期待した以上の仕上がりだ。まさに私の最高傑作と呼ぶにふさわしい！」

アランは歓喜と共に手を伸ばし、目の前に立つ少女に触れようとしたが、それは叶《かな》わなかった。

彼の言葉に目をギラギラさせていた作品が、無造作に剣を振り上げ、鋼の刃がアランの手首から先を一太刀で斬り飛ばしたからだ――まるで創造主に触れられることを拒むように。

ぼとりと床に落ちたアランのふたつの手首は、呆然《ぼうぜん》とする持ち主の前で、びくびくと断末魔の蜘蛛を連想させる痙攣《けいれん》を見せ、やがて動かなくなった。

痛みは理解から少し遅れて訪れた。それは激痛に耐えかねて身を折ったアランの顔を覗《のぞ》き込むように下方から接近し、剣の柄《つか》を突き上げてアランの顎を砕いた。

眩暈《めまい》を起こしてよろけた長身を狙った刃は、凄《すさ》まじい力でアランの膝《ひざ》関節を横薙《な》ぎに切断し、自分の体を支えられなくなったアランは、後方のベッドに落下するように倒れ込む。

びゅうびゅうと鮮血を噴き出す自分の失われた四肢を、痛みに朦朧《もうろう》とした頭でアランは凝視する。

それはアランを見下ろして、うっとりしたように微笑み、血に濡れた長剣を握り直す。

アラン・アルデンヌの最後の傑作による反逆は、まだ始まったばかりだった。

切れ味の鈍った鋼の刃で解体され、激痛と苦悶《くもん》の中で自分の命が失われてゆく中、それでもアランの心を占めていたのは、大いなる喜びと予想以上の完成度を見せた作品に対する満足感だった。

衝動の赴くままに刃を振るっていたそれは、自分の獲物が微かに笑いを浮かべていることに気づいた瞬間、獣のように絶叫して、高々と刃を振り上げた。

鋼の刃がアランの首筋に食い込み、ぶつぶつと頸動脈《けいどうみやく》を断ち切ってゆく。

凄まじい力で頸骨《けいこつ》を砕かれ、その首を刎《は》ねられる瞬間も、アランは笑っていた。

――ただひとつ、心残りがあるとすれば。アランの最高傑作となる楽曲が、この場所から解き放たれ、国境や言葉の壁を超えて、世界中に広がってゆくのを見届けられないことだ。

刎ねられた首が開きかけの扉に叩《たた》きつけられて落ち、意識が途切れるまでの瞬間に浮かんだそれだけが、アラン・アルデンヌにとって唯一の、そして生涯最後の心残りとなった。


パリ音楽界の異端児、異形の天才作曲家として知られるアラン・アルデンヌの屋敷が暴漢に襲われ、就寝中だったアルデンヌ夫妻と住み込みで働いていた使用人たちが惨殺された。

殺害に使用された凶器は、アランの曾祖父が収集していた骨董の長剣で、かなり大きくて重い。また、奥方や使用人たちがほぼ一撃で殺害されていたのに対して、アランの遺体だけは解剖台の上のカエルのごとく念入りに切り刻まれ、執拗《しつよう》に破壊された痕跡《こんせき》が残っていた。

パリ警視庁の捜査官たちは、犯人はヘラクレス並の怪力と鍛えられた肉体を備えた大男で、なおかつアランに深い恨みを持つ人物の犯行だと推測した。

また今年で十一になるアルデンヌ夫妻の一人娘が行方不明となっており、パリ警視庁の捜査官たちは令嬢が犯人に連れ去られたものとして捜索を開始した。

――ところが、この事件はろくに調べが進まないうちに捜査を打ち切られてしまう。

悪趣味で刺激的な内容を売り物にしている大衆紙は、アランにまつわる黒い風評や、夫人が黒魔術にのめりこんでいるといった真偽不明の噂を面白おかしく書き立てた。

　記事によれば捜査を打ち切らせたのは夫妻の親族やパトロンたちで、彼らは事件の捜査が進むことで夫妻の醜聞が明るみに出るのを恐れ、事件そのものを揉《も》み消そうとしたのだという。

　しかし、そんな記事も、ほんの少し紙面をにぎやかした後、不自然なほどの速さで消えていった。

　――事件発生から一週間が経過した今も、この前代未聞の猟奇殺人事件の犯人の足取りはつかめず、犯人の正体も、事件の真相も、そして消えた令嬢の行方も、未《いま》だに闇の中である。

【第一楽章】

Chloe's Requiem

~infinito~

面倒ごとは徹底して避けること、なにかおかしいと感じた客は乗せないこと。

それが祖父の代から続く御者の仕事を引き継いでから二十年間、彼が守り続けてきた信条だ。おかげで今まで客から金を取りはぐれたり、もめごとに巻き込まれたことは一度もない。

そんな彼が奇妙な客を乗せたのは、酒場で酔いつぶれた常連客を自宅まで送り届けた帰りだった。

すでに夜も更け、にぎやかだった街はしんと寝静まっている。路上に響くのは馬車の車輪が回る音と馬のひづめが石畳を蹴《け》る音だけだ。

――にゃあ。

馬車が高級住宅街に差し掛かったところで、猫の鳴き声が聞こえた。御者は首をかしげる。このあたりで野良猫とは珍しい。上流階級の連中は愛猫を家から出さないし、屋敷の庭に迷い込んだ汚い猫に餌をやる心優しい物好きもいないから、野良猫が居つかないのだ。

思わず手綱をゆるめて馬車の速度を落とした御者は、街路の両脇に建ち並ぶ屋敷のひとつから小柄な人影が飛び出してきたところに出くわした。

見たところ、まだ十二、三歳の少年だ。良家の坊ちゃんらしい小奇麗な身なりと、すっきりと伸びた姿勢は、こんな時間に外をうろつくような人種には見えない。

少年が車輪の音に気づいて顔をあげた。淡い金色の髪が街灯の明かりにきらめく。目が合ったような気がした瞬間、少年は迷わず馬車に駆け寄ってきた。

「乗せてくれ」

「坊やはもう寝る時間だろ？　こんなところをうろついてないで、さっさとお家に帰んな」

「……金なら倍出す」

そう言って少年が見せたのはずっしりと重たそうな財布だった。あからさまに彼の持ち物ではない、親の金を盗んできたというところか——だが、相場の倍を支払うという申し出は魅力的だ。

「ふうん……。まあ、そういうことなら乗せてやってもいい。どこまでだい？」

客に対するお決まりの問いかけに、少年はきょとんとした表情で御者を見た。それがまるで思ってもみなかったことを聞かれたように見えて、御者は少し不安になってくる。

少年は肩越しに出てきたばかりの屋敷を振り返る。銀青色の瞳《ひとみ》に強い嫌悪の色が浮かんで、消えた。

「……ここから、できるだけ遠くへ。遠ければどこだっていい」

商談成立。馬車は少年を乗せて再び走り出した。

（遠く、できるだけ遠くへ、ねぇ……）

御者は慎重に手綱を操りながら、この風変わりな上客をどこに運べばいいかと頭をひねる。これが若い男なら問答無用でムーランルージュに放り込み、人生の憂さを忘れさせてやるという手も使えたのだが、こんな子どもが相手ではそういうわけにもいかない。

無難なところで郊外の宿屋か、それとも夜が明けたら自分で行き先を決められるように、駅から近い夜露のしのげる場所でも適当に見繕ってやって……。

——にゃあ。

あれやこれやと行き先を思案していた御者は、再び聞こえた猫の鳴き声で我に返った。

それから周囲の景色に目を向けて、あわてて手綱を引き絞り、馬車を止める。

(……おいおい、ここは一体どこなんだ?)

馬車が止まったのは広大な敷地を抱える大きな館の門前だった。

月明かりに浮かぶ館のシルエットは美しいが、同時にぞっとするほど不吉な気配をはらんでいる。

走り出したときは間違いなく駅に向かっていたはずだ。

なのに、いつの間にか周囲には道を照らす街灯も舗装された石畳の道もなくなっている。

「——ははは、これじゃまるで、なにかに呼ばれたみたいじゃねえか」

思わず口からこぼれた思い付きに、すうっと血の気が引いていく。

まさか今のを聞かれやしなかったろうなと振り返ると、客の姿は忽然《こつぜん》と消えていた。

座席に無造作に積まれた銀貨が、にぶく月光を弾いている。

どうやら少年は馬車が止まったのを目的地に着いたと勘違いして降りてしまったらしい。

あわてて周囲を見回すと、少年は門の向こう側にいた。すたすたと庭を歩いていく少年の背中には、迷いも怯《おび》えも恐怖も戸惑いもない——どうやらここで降ろしてしまって構わないようだ。

その堂々たる後ろ姿を見送るうちに、御者は急にびくびくしていた自分が恥ずかしくなった。

照れ隠しに、座席の上にある銀貨の山を乱暴に引っつかんで懐にしまう。

少年が置いていった銀貨の枚数は、相場の倍よりはるかに多い。

あんな物言いをしながら辻《つじ》馬車の相場も知らなかったのかと思うと、ちょっぴりおかしかった。

御者台にあがって手綱を鳴らすと、それまで、ひどく落ち着かない様子で耳を立てていた馬車馬は、御者の合図に応《こた》えて嬉《うれ》しそうにいななき、そのまま猛然と駆け出した。

——幸運な御者は最後まで気づかなかった。

そこが数日前に陰惨な殺人事件が起きたいわくつきの場所、アラン・アルデンヌの館であることも。

屋敷の門は頑丈な鎖と錠前で厳重に封じられており、誰にも開けられるはずがないことも。

彼の忠実な相棒であり、大事な商売道具の一部でもある愛馬が、館の内部から御者を見ている複数の視線を感じて、ひどく怯えていたことも。

鈍感で幸運な御者は、自分がどれだけ運がよかったかも知らず、奇妙な少年客のおかげで、ずっしりと重くなった財布をポケットにしまう。

そして自分の馬車が街灯の明かりに照らされた石畳の街路にもどるまで、一度も後ろを振り返らず、上機嫌で馬車を走らせ続けた。

◆◆◆

「なんだ、ここは……？」

無用心にも開け放たれたままの門をくぐって、目の前にひらけた風景に、ミシェル・ダランベールは思わず眉《まゆ》をひそめた。

確かに、どこでもいいと言ったのは自分だが、見たこともない屋敷で降ろされては途方に暮れる。

「おい、ここは……」

御者に文句を言ってやろうと振り返って、ミシェルは言葉を失った。

いつの間にか馬車が消えている。すでに路上には土煙のあとすら残っていない。

「……金さえもらえれば、あとは知ったことじゃないってわけか」

ミシェルは胸のむかつきをおさえて、再びぐるりと周囲を見渡す。

ここはどうやら裕福な貴族の屋敷のようだ。

広い庭も大きな館も立派なものでよく手入れされているが、何故か屋敷の周囲に植えられた花だけはひとつ残らず枯れている。

すべての窓には鎧戸《よろいど》がおろされ、正面玄関のポーチライトだけが、この庭にある唯一の明かりだ。

(これだけ見事な庭があるのに枯れた花を片付ける使用人のひとりもいないなんて。もしかして革命で没落した貴族の屋敷か、主が亡くなって無人になった廃墟なのかもしれないな)

無人の廃墟だったら今夜一晩、夜明かしするにはうってつけの場所だ。

そのとき、キィ……と扉の開く音がした。住人が出てきたのかと振り向いたが誰もいない。

中途半端に開いた扉の隙間《すきま》から、ひび割れた床が見えて、ミシェルは思わず気分が沈んだ。

(……こんなところで怖気《おじけ》づいてる場合か、もう家には帰れないんだぞ)

ミシェルは唇をきゅっと引き結んで、扉の向こうに広がる暗がりを睨《にら》みつける。

（ちょっと薄気味悪いからなんだっていうんだ？　どんな場所だろうと家よりはマシだ。あの男と同じ屋根の下で、同じ空気を吸って過ごすよりは、何十倍も、何百倍も……！）

ミシェルは深呼吸をひとつして、館に踏み込んだ。思ったよりも屋敷の中は荒れていない。

ここが廃墟だとしたら、まだ人が住まなくなってからあまり時間が経っていないのかもしれない。

（雨漏りや隙間風に悩まされることがなさそうなのはありがたいな）

テーブルの上に置かれていた燭台を見つけ、ポーチライトから火をもらう。

視界が明るくなると、かなり気分が楽になった。

ホールの奥に作られた階段の下に立つと、頭上からやわらかな音が降ってきた。

（……ピアノの音？）

切れ切れに聞こえてくるその音は、ミシェルにも聞き覚えのあるメロディを奏でている。

（二階に誰かいるのか）

ミシェルは燭台を片手に階段をのぼり、二階の大広間に出た。

ここにも照明はないらしく、大広間の中央に置かれたグランドピアノも、ピアノを囲んで配置された豪奢《ごうしや》な長椅子も、輪郭だけがぼんやりと暗闇の中に浮かんでいる。

だが、グランドピアノの前に陣取っている演奏者は、明かりがないのも気にならないようだ。

暗がりの中から流れてくる曲はベートーヴェンのピアノソナタ第八番『悲愴《ひそう》』――ベートーヴェンのピアノソナタの中では比較的難易度が高いといわれる曲である。

しかしミシェルの耳に届くメロディは、弾むように楽しげに聞こえた。

まるでピアノが弾けることが、この曲を弾くのが、楽しくて楽しくて仕方がないというように。

ミシェルは演奏を邪魔しないように、足音を忍ばせてピアノに近づく。

かざした燭台の灯が楽しげに鍵盤《けんばん》に指を滑らせている演奏者の後ろ姿を照らし出した。

「……女の子？」

ピアノを弾いていたのは、ミシェルよりも年下と思われる小柄な少女だった。

波打つ豊かな黒髪を腰の下まで伸ばし、ふわふわしたすみれ色のワンピースを身にまとっている。

ミシェルは引き寄せられるようにピアノに近づき、そっと少女の手元を照らした。

蠟燭《ろうそく》の明かりの中で、大きな紫色の瞳がびっくりしたようにミシェルを見上げる。

――そこで初めてミシェルは、今の自分が単なる不法侵入者に過ぎないことを思い出した。

「……あ。失礼。人がいるとは思わなくて。ぼくの名前は……」

「ミシェル」

そっと囁《ささや》くような声だった。ミシェルは思わず目を瞠《みは》る。

少女は花がほころぶような笑顔をミシェルに向けて、もう一度、繰り返した。

「ミシェル、よね。知ってるのよ」

芸術に理解を示したがる上流階級の連中や、ごく限られた人々の間では、ミシェルは有名人だ。

彼女も、どこかのサロンかコンサートホールですれ違ったことがあったのだろう。

「……きみの名前は？」

ふと頰に視線を感じて顔をあげると、クロエと名乗った少女が心配そうにミシェルを見ていた。

（けれど、もうどこにもいない）

宝物であり、救いであり、ミシェルがなにを犠牲にしても守りたいと思っていた唯一の存在。

ミシェルは微《かす》かな胸の痛みを覚えた。それはミシェルにとって特別な名前だ。

「……クロエ？」

「クロエ」


ミシェルは感傷を振り払うように軽く頭を振り、目の前のクロエに向き直る。

「ここはどこだ？　きみは、この家の住人なのか？」

「そうよ。でもクロエ、ここから出たい……」

「……？　出ればいいじゃないか」

「できないの。この館は、呪われているから」

クロエは悲しげに目を伏せる。長いまつげが透けるように白い頰に影を落とした。

「呪われている……？　馬鹿らしい、おとぎ話の読みすぎじゃないか？」

「おとぎ話じゃないもん！　クロエ、呪いのせいでここから出られないんだから！」

「中世の暗黒時代ならともかく、この科学万能の時代に呪いなんてあるわけないだろう」

「あるの！」

クロエは頑として主張を曲げない。ミシェルは次第にイライラしてきた。

「実際にぼくは自由に出入りできているじゃないか。ここから出たければ来いよ。ぼくが連れて行く」

か？


「ほんと？」

パッとクロエの表情が明るくなるのを見て、ミシェルは戸惑う。

（この子は、もしかしたら本気で自分が呪われていると思い込んでるのかもしれない）

そんな妄想を抱いているせいで、こんな大きな屋敷にひとりぼっちで閉じ込められているとか？


こみあげてくる胸のもやもやを押しのけて、ミシェルはぶっきらぼうに手を差し出す。

「本当。ぼくが、きみを館の外に連れて行ってあげる――だから、いっしょにおいで」

不意に差し出されたミシェルの手を、クロエはパチパチと瞬きしながら見つめ、それから嬉《うれ》しそうに笑って自分の手を重ねた。


クロエの手を引きながら一階にもどったミシェルは、ホールの空気が変わっていることに気づいた。

まるで暗闇が急に密度を持ったように、ねっとりと手足にまとわりついてくる。

（……なんだろう、誰かに見られている気がする）

はぐれないようにとミシェルはクロエの手を握りなおす。小さな指が軽く握り返してきた。

それだけで心強くなった気がして、ミシェルは扉の前に立ち、ドアノブをつかんだ。

ガチャリとノブは回ったが、ただそれだけだった。

ミシェルが渾身《こんしん》の力をこめ、体重をかけて押しても引いても、玄関の扉はびくともしない。

「……あれ？　変だな、さっきまでは普通に開いたのに……」

ミシェルはしばらく扉の前で悪戦苦闘したが、結果は変わらなかった。

ほんの少し前まで無用心に開け放たれていた扉が、今は鉄壁のごとくミシェルを阻んでいる。

一方のクロエは、まるでこうなることが分かっていたような顔をしている。

ミシェルは呼吸を整え、ミシェルが諦《あきら》めるのを辛抱強く待っていたクロエを振り返った。

「……呪われているっていうのは、どういう意味だ？」

「呪いが、この館を覆ってるの。呪いが解けるまで、ここからは出られない」

「……もしかして、巻き込まれたってことかな」

クロエはじっとミシェルを見上げた。大きな瞳が微かに揺らいで、悲しげに曇る。

「……あなたは……そう、あなたも、もう……」

クロエは消え入りそうな声でつぶやいて視線を落とした。

ミシェルは玄関扉を睨みつけながら、異常事態に混乱している頭の中を整理する。

呪いが本当にあるのかどうかは置くとしても、異常な事態が起きているのは事実だ。

そして、その原因を何とかしない限りは、夜が明けてもミシェルはここから出ることができないし、クロエも館の中に閉じ込められたままだということだろう。

「……ねえ、ミシェル」

クロエが真剣な顔でミシェルを見つめていた。

「おねがい。この館の呪いを解いて。……クロエをここから解放してほしいの」

「呪いを解くって言っても……どうやって？」

ミシェルは霊媒でも魔法使いでも悪魔祓《ばら》いの神父でもない。

しかし、クロエが告げた方法は、予想外のものだった。

「楽譜を探して」

「楽譜？」

「館のどこかにあるはずなの。クロエの、思い出の曲。その楽譜を演奏すれば……」

たどたどしく説明を続けるクロエの表情は真剣そのものだ。

それでもミシェルはクロエの説明が信じきれなくて、無意識に眉間《みけん》のしわを深くする。

「そんなことで本当に呪いが解けるのか？」

「……クロエ、ミシェルの演奏が聴きたい。ミシェルの演奏だったら、きっと届くと思うの」

「演奏ね……」

クロエの説明に引っ掛かりを覚えないと言ったら嘘になる。

しかし実際に館から出ることができない以上、今はやれることをするしか道はないのだろう。


古びた大時計が午前一時を告げた。

◆◆◆

ミシェルたちが閉じ込められた館から脱出するには、館のどこかにある楽譜を発見し、それを演奏しなければならないという。

実に面倒な状況ではあるが、こんな怪しげな場所にずっと閉じ込められているのは御免だ。

クロエを二階の大広間に帰した後、ミシェルは一階から探索を始めることにした。

まずは客室から調べてみたが収穫らしい収穫はなく、やや気落ちしてホールにもどったミシェルは、再び粘るような視線を背中に感じて眉をひそめた。

素早く振り返ったが、もちろん誰もいるわけがない。物言わぬ大理石の彫像が立っているだけだ。

「……ん？」

ふとミシェルは壁際に並んだ彫像を見直して違和感を覚える。

はっきり記憶しているわけではないが、このホールに初めて足を踏み入れたときには、彫像の横顔を見た覚えがあった。なのに今は彫像の顔が真正面――ミシェルのほうを向いている。

（まさか、誰か動かしたんじゃ……）

ミシェルは侵入者を警戒しながら彫像に近づく。

像の陰に誰も隠れていないのを確かめ、ホッと息を吐いて彫像を見上げたとき――

彫像の目がぐるんと動いて、ミシェルを見据えた。

「……っ⁉」

ミシェルは思わず彫像の前から飛びのいた。石に彫られた瞳がミシェルの動きを追ってくる。

一体だけではない。玄関ホールに置かれているすべての彫像が、石の瞳をきろきろと動かしながらミシェルの行動を監視しているようだ。

咽喉《のど》の奥からせりあがって来た悲鳴を呑《の》み込んで、ミシェルは自分に言い聞かせる。

（……落ち着け、ここはきっと普通の世界と法則が違うんだ。おかしなものを見つけるたびにいちいち怖がっていたんじゃ、きりがない。いつまで経っても脱出なんて不可能だぞ）

ミシェルは深呼吸をひとつして、慎重に距離を測りながら、改めて彫像を観察する。

石で彫られた目が忙《せわ》しなく、きろきろと動いて自分を追いかけてくるのは気味が悪いが、彫像側にはミシェルに物理的被害を与える気配はないようだ。

（とりあえず放っておこう……）

ミシェルは手近な部屋の扉を開け、燭台の明かりで室内を照らす。

部屋の中には背の高い本棚が等間隔で並べられ、中央には大きなテーブルが置かれていた。

どうやら図書室のようだ。古い紙のにおいがミシェルの鼻をくすぐる。

壁一面を埋め尽くす蔵書の数は、ちょっとした大学や博物館の公共図書館並だった。

本棚に並べられている書物は絵画や彫刻作品に関する研究書や、作曲家や演奏家を中心とした様々な分野で活躍した芸術家の評伝など、芸術関係のものが多いようだ。

しかし、楽譜らしきものはどこにも見つからない。

（……時間が掛かりそうだな、先に上の部屋から調べるか？）

思案するミシェルの背後でばさりと乾いた音がした。

絨毯《じゅうたん》の上に一冊だけ、ほんの少し前までそこになかったはずの赤い布表紙の本が落ちている。

（崩れそうな本の山なんてなかったはずだけど）

ミシェルは不思議に思いながら本を拾い上げると、ぱらぱらとページをめくる。

『――私には双子の姉がいました。幼いころはいつも一緒に過ごし、まわりからも仲の良い姉妹だと言われていました』

『しかし、成長していくにつれ気付いてしまいます。あらゆる点で私と彼女は違いすぎました――』

目に付いた文章を拾い読みしたところ、どうやら双子の姉妹の片割れを主人公にした小説のようだ。

美しくて誰からも愛され、自分がほしいものをなにもかも手に入れてしまう姉と自分の差に絶望し、いつか姉を憎悪するようになる妹。

くだらない話だと思うのに、ミシェルの手は意志に逆らってページをめくり続ける。

『ある夜、私は願いました。彼女さえいなければ、あの子が死んでしまえばいいのに――と』

『次の日の朝、異様な臭いで目が覚めました。目を開けると、そこには彼女の死体が映っていました』

『血まみれになった兄の顔を見下ろして、ぼくは生まれて初めて心の底から喜びの声をあげたのです。ああ、さようならミシェル！　おまえが死んで、ぼくはようやく幸福になれる！』

不意に目に飛び込んできた自分の名前に、ミシェルは愕然《がくぜん》と本を見直した。

しかし、どのページにもミシェルという名前も、兄の死を喜ぶ弟の姿も見当たらない。

語られているのは、憎悪と嫉妬《しっと》で誰からも愛される姉を殺してしまった妹の絶望と破滅だ。

「……薄気味が悪い」

ミシェルはかすれた声で吐き捨てて、本を棚の空いているところにもどす。

本を収めて振り返ったところに大きな鏡が掛かっていた。

鏡面が歪《ゆが》んでいるのか、そこに映ったミシェルの顔も少し歪んで、別の人間の顔のように見える。

ミシェルとは違う明るい緑色の目と朗らかで優しい面差し、怒りをあらわにしたその顔は、けれど、今にも泣き出しそうに歪んでいた。

鏡に映った顔が陰鬱《いんうつ》な表情でつぶやく。

『おまえが死んで、ぼくはようやく幸福になれる』

ミシェルは乱暴に目をこすった。歪んだ鏡に映っているのはミシェル自身の青ざめた顔だけだ。

(――この部屋にはいたくない、さっさと次の部屋に行こう)

おさまらない動悸《どうき》と眩暈《めまい》をこらえて、ミシェルは部屋の出口に向かう。

ふらついた体を支えてテーブルに手を突いたとき、指先にかさりと紙片が触れた。

黄ばんだ五線譜に記されたタイトルは『Klaviersonate Nr. 14 cis-moll "Quasi una Fantasia』

――ルートヴィヒ・ヴァン・ベートーヴェンのピアノソナタ第十四番『月光』の楽譜だ。

ミシェルはテーブルの上に出現した『月光』の楽譜を片手でつかむと、すぐに図書室から飛び出し、一直線に階段を駆け上がった。

◆◆◆

足音に気づいて笑顔で出迎えてくれたクロエの前に、手に入れたばかりの楽譜をつきつける。

「これを演奏すればいいんだな?」

クロエはミシェルの勢いに目を丸くしていたが、楽譜を見ると満面の笑みでうなずいた。

ミシェルは肩の荷が下りた気分でピアノの前に座る。

ピアノを弾くのは久しぶりだったが『月光』は何度か演奏したことがあった。

なんとか最後までミスはせずに弾けるだろう。

ミシェルは楽譜を置いて、鍵盤の上に指を滑らせる。

やわらかなピアノの音が大広間の暗闇に、ゆるゆると解けて広がっていく——

「……ちがうの」

クロエのつぶやきにミシェルの指は止まった。

顔をあげるとクロエが不満そうに頬をふくらませてミシェルを見ている。

「なんだよ？」

「……ちがう。すごく上手だったけど、クロエが聴きたいのはこれじゃないの」

クロエは『月光』の楽譜を大切そうに胸に抱きしめて、生真面目な表情でミシェルを見上げる。

「ピアノはクロエが弾くからね、ミシェルには、ミシェルが一番得意な楽器を演奏してほしいの」

ミシェルは頬が強張るのを感じた。

つまりクロエはミシェルにあれを弾かせようとしているのだ。

ミシェルが家を飛び出してくるときに、二度と触れないと心に決め、捨ててきたあれを。

ぎゅっと眉間にしわを寄せ、不機嫌と拒絶を隠そうともせずに、ミシェルは口を開く。

「無理だね。ぼくは楽器を持ってきていない」

「楽器なら、一階のお部屋にあるの！　クロエ、鍵《かぎ》のある場所も知ってるから、だいじょうぶなの！」

真っ暗な部屋が明るくなりそうな笑顔だ。

「……『月光』はピアノ曲だから、他の楽器で演奏するのは難し……」

「ミシェルならきっとだいじょうぶなの！」

なんの根拠もないのに絶大な信頼を示されて、ミシェルの頭はぐらぐらした。

自分が半ば勢いで押し切られかけていることを悟りつつ、ミシェルは最後の抵抗を試みる。

「それにぼく、あれはやめたんだ。もう二度と弾くつもりは——」

「……約束」

「えっ？」

「ミシェル、さっきクロエに言ってくれたの。出たければ、ミシェルが連れて行くって」

——確かに言った覚えがある。

館から出られないとうつむいたクロエに対して、必ず館の外に連れて行ってあげると言った。

「……あれは、ウソ？」

不安そうに首をかしげたクロエを見て、ミシェルは数十分前の自分を殴りたくなった。

呪いが本当にあるとは思わなかったというのも、呪いを解くために自分の演奏が必要だったことなど知らなかったというのも、言い訳にならない。

ミシェルはクロエを館の外に連れて行くと約束して、クロエはミシェルの言葉を信じたのだ。

「……ぼくは、約束は、破らない」

子どもとの約束を平気で破る大人を、自分が得をしたいがために嘘をつく大人を、ミシェルはずっと軽蔑《けいべつ》してきた。彼らの同類にだけは死んでもならない。

きしるような返答にクロエの笑顔がもどった。

くるりと身をひるがえして暗闇の中に駆けていき、小さな真鍮《しんちゅう》の鍵を掲げてもどってくる。

「これが楽器のあるお部屋の鍵なの！　いってらっしゃい、ミシェル！」

クロエ、ここでまってるね、とニコニコしながら告げられて、ミシェルは深いため息をついた。

◆◆◆

ミシェルは重い足を引きずって、クロエに教わった部屋の前に立った。

——この部屋にあるあれを見つけて、演奏しなければならない。

考えるだけでムカムカしてくる胃をおさえて、ミシェルはクロエから渡された鍵を目の前にかざす。

手渡された真鍮の鍵のキーヘッドは、精緻《せいち》なドラゴンの透かし彫りになっている。

目の前に立ちはだかる頑丈そうな扉の表面にも火を吐くドラゴンのレリーフが施されていた。

「……キーヘッドと扉のレリーフが対になってるのか」

ミシェルは鍵を開け、二頭のドラゴンが守っていた扉を開ける。

部屋の中は貴重な美術品や骨董品が陳列されたギャラリーになっていた。

神々や英雄の姿が彫刻された石柱や、有名な画家の作品、繊細な工芸品の数々が並んでいる。

ミシェルは部屋の奥に置かれた小さなケースの前で立ち止まった。

展示されているのはミシェルが一番得意な楽器——飴色《あめいろ》に輝くヴァイオリンだ。

（……もう二度と手に取ることはないと思ってたのに）

ああ、気が進まない。

ミシェルは嫌悪もあらわにケースの中の楽器を睨みつけた。

この部屋にあるということは、おそらくとんでもない値段のついた名品なのだろうが、ミシェルには忌まわしい過去に繋《つな》がる悪魔の道具でしかない。

だが、これを弾かなければ呪いを解くことが出来ないのであれば、ミシェルに選択の余地はない。

展示されていたヴァイオリンと弓を手に取り、振り返ったところで心臓が跳ねた。

——なにかいる。部屋の隅にわだかまった暗がりに、白い影が立っている。

ミシェルの心臓は早鐘のように打ち始めたが、頭は妙に冷静に、その人物を観察していた。

長くて白い髪は麻糸のようにもつれ、前髪の下に見える唇は歪んだ弧を描くように嗤《わら》っている。

華奢《きやしや》な肢体を包むワンピースは血で染めたような赤色と漆黒で彩られている。

ミシェルは動けないまま、白い少女の手元に視線を落とし、今度こそ心臓が止まりそうになった。

燭台の弱々しい明かりを反射したものは、少女が握りしめた鋼の長剣だ。

ゆっくりと頭上に振りかぶられた赤黒い刃が、ミシェルの頭蓋《ずがい》めがけて振り下ろされる。

もつれた髪がふわりと揺れて、長い前髪の下から少女の顔が現れる。

「……えっ？」

ミシェルは一瞬、呆然とした。

憎悪に塗りつぶされ、狂気に歪んだその顔は、何故か——クロエにとてもよく似ていたから。

「…………っ!!」

ミシェルはとっさに右へ飛びのいた。

ぎりぎりでかわした剣は、ミシェルの背後に飾られていた中世の騎士の鎧にめり込んだ。

鎧は剣の当たった部分が大きくひしゃげ、派手な音を立てて床の上に散乱する。

凄《すさ》まじい力で切り返した刃は横薙《な》ぎにミシェルの首筋を狙う。

ミシェルは素早く姿勢を低くして二撃目をかわした。

またもやかわされた長剣は勢いを殺しきれず、ガツンッと床に食い込む。

ミシェルは急いで跳ね起きて、ヴァイオリンを抱えたまま出口に向かって走り出す。

白い少女は獣じみた金切り声をあげて、床に食い込んだ切っ先を引き抜き、ミシェルを追う。

ミシェルは部屋の外に走り出て、外側から鍵をかけた。

閉じ込められた少女は狂ったように扉を乱打していたが、やがて静かになった。

◆◆◆

「おかえりなさいなの！」

ヴァイオリンを携えて二階にもどったミシェルを、クロエは屈託のない笑顔で迎えた。

桜色の爪には血のこびりついた跡などなく、紫の瞳は狂気や憎悪ではなく、ミシェルに対する純粋な好意と信頼でキラキラと輝いている。

――単なる幻覚？　他人の空似？

戸惑いながらミシェルはピアノの横に立ち、手に入れたヴァイオリンを構える。

クロエの指がそっと鍵盤に触れ、最初の音が暗い大広間に響く。

静かに紡ぎ出されるピアノの旋律にのせて、ミシェルとクロエ、ふたりきりの演奏会が始まった。

（……そもそもピアノのために書かれた『月光』を、そのままヴァイオリンで弾くのは無理なんだ）

だからミシェルは即興でアレンジを入れ、クロエの伴奏に沿わせる形で主旋律を奏でる。

クロエは言葉にしなかったミシェルの意図を汲《く》み取って、すぐに合わせてきた。

この手で触れることさえ嫌で嫌で仕方がなかったヴァイオリンは、それでも演奏が始まってしまえばミシェルの体の一部に変わり、忠実に、頭の中に思い描いた通りの音を奏で始める。

実に不本意ではあるけれど、この楽器が長い間、ミシェルの人生の中心にあったのは変えようもない事実だった。

——ふたりの演奏が終わると同時に、誰もいないはずの暗闇の中から拍手が沸き起こった。

ミシェルは反射的にお辞儀をし、戸惑いながらクロエに視線を向ける。

クロエはピアノの前に座って目を閉じ、祈るように胸の前で手を組み合わせていた。

ふと視線を感じたのか、クロエは静かに目を開けて、ミシェルを振り返る。

「……ずっと。ずっとこれが聴きたかったの」

そう言って微笑んだクロエの表情は、ミシェルの目にはひどく大人びて見えた。

「ありがとう、ミシェル。……素敵な演奏だった」

「…………うん」

思いがけない顔を見て困惑するミシェルの前で、クロエは遠くを見るような目をして、再び

胸の前で手を組み合わせる。

それは、遠く離れた場所にいる誰かに届くよう、祈っているようにも見えた。

【間奏曲1】

その旋律は、狂気という名の熱泥の底でまどろんでいた『彼女』の意識を揺り起こした。

切ない響きを帯びたヴァイオリンの音色は、静かに湖底を照らす月光のように、まっすぐ『彼女』の耳まで届き、すとんと胸の底に沈む。

「……ア……？」

白くもつれた髪の隙間からのぞく血走った目に、ゆっくりと理性の輝きがよみがえる。

長らく狂気と憎悪に蝕《むしば》まれていた『彼女』の心と体のすべてが叫んでいた。

これは『彼女』がずっと、ずっと聴きたいと願っていた曲だ。

ヴァイオリンが奏でているのは『彼女』が数年前、熱心に練習していた『月光』だった。

あのころの『彼女』は暇さえあればピアノの前に座って、この曲を弾いていた。

第一楽章の静けさが、いつも『彼女』の心を優しく静めてくれた。

『――――』

不意に名前を呼ばれて、練習中だった『彼女』はピアノから顔をあげる。

ずっと仕事で部屋に籠《こ》もっていたはずの父が、いつの間にか目の前に立っていた。

「お父様」

『――――、もう少しで新しい曲を作り終える』

父は有名な作曲家だ。父の作る曲はどれも美しいけれど『彼女』はあまり好きではない。

(だって、お父様の作る曲は、なんだかこわい)

父が異形の天才作曲家と呼ばれ、父の曲を聴き続けると狂ってしまうという噂があるのを『彼女』が知るのはもっと大きくなってからのことだ。

けれど、幼かった『彼女』の耳には、父の曲はいつも誰かの悲鳴のように響いた。

『曲が完成したら……いつものように私の部屋へおいで』

「…………。……はい、お父様」

すうっと『彼女』の瞳から光が消えていく。

逆らうことは許されていなかった。『彼女』は父の所有物であり、財産であり、玩具《がんぐ》だ。

父の命令に従って、のろのろと階段をのぼり、父の部屋に入る。

扉が閉じるのと同時に、父は『彼女』を殴りつけた。

いつものように『彼女』に馬乗りになり、娘の顔を見下ろしながら拳《こぶし》を振るう。

もう一発、もう一発、それからさらにもう一発。

父の暴力が始まると『彼女』は懸命に体の力を抜いて、心のない人形になろうと努力する。

抵抗が無意味なことは一番最初の夜に学んだ。

逆らえば逆らうほど、嫌がれば嫌がるほど、もっとつらくて苦しい思いをさせられるだけ。

だから、できるだけ反応しないように我慢しているのに、父は『彼女』を殴るのをやめない。

見上げる父の目には少しも熱が感じられなくて、『彼女』はそれを正視するのが怖かった。

父の手が『彼女』の衣服を剝《は》ぐ。リボンが解かれ、隠された素肌があらわになる。

毎日の虐待のせいで『彼女』の体はアザだらけだった。

父はそれを美しいと言う。まるで色とりどりの花が咲いているようだという。

しかし『彼女』の目には、自分の肉体が傷んだ部分から少しずつ腐り始めているように見えた。

『これはおまえに対する祝福なのだよ。おまえの魂を純化して、美の本質に近づけるための』

そう言って父はまた『彼女』を殴る。

愛していると言って殴り、ごほうびだと言って殴り、私も苦しいのだと言って殴る。

『おまえは私の大切な宝物なのだから、私の言うことに従わなければいけないよ』

『おまえの体も魂も、すべて私のために存在している。おまえは私のために生まれてきたんだ』

父は『彼女』を部屋に呼ぶたびに、まるで呪文《じゅもん》のように同じ言葉を繰り返す。

もしもそれが本当だとしたら、生きている限りは父から解放されないのだとしたら。

――このまま死んでしまえば自由になれる、楽になれるのかもしれない。

苦痛と絶望に満ちたおぞましい時間の中で、そんな薄暗い希望に『彼女』が身をゆだねかけたとき、開け放したままの窓から風が吹き、ひるがえったカーテンの向こうから月が姿を現した。

静謐《せいひつ》な銀色の光が、壊れかけていた『彼女』の心を正気に繋ぎとめる。

呪いに支配されかけていた『彼女』の心に『彼』の存在が救いを与えてくれたように。

「…………エル……」

数年前の『彼女』を照らしていた月の光が、現在の『彼女』の上に降り注いでいる月の光に重なり、やつれた頬に一筋の涙がこぼれた。

短い演奏会が終わって『月光』の残響が暗闇の中に溶けて消えると『彼女』の意識は再び狂気の渦に呑まれていく。怒りが理性を食いつくし、体をめぐる血液は殺意と憎悪と絶望で満たされる。

そして『彼女』は再び破壊衝動の権化となって、血に汚れた長剣を引きずりながら、月の光を避け、この館を覆う闇の中へ消えていく。

記憶の底に残されていた『彼』の名前は、あっという間に闇に溶けて、もう思い出せなかった。

【第二楽章】

Chloe's Requiem
~infinito~

クロエの言ったとおり、指定された楽譜の演奏を終えると、ミシェルはすぐにヴァイオリンを置いて、一階に向かった。

本当にこんなことで呪いが解けたかどうか、自分の目で確認したかったからだ。

階段を下りている途中で、ミシェルは一階の様子が変わっていることに気づいた。

ついさっきまでは粘るようによどんでいた玄関ホールの空気が軽い。

いつの間にかシャンデリアには灯がともり、まばゆい光がホールの隅々まで照らしていた。

壁際に並んだ彫像は、ただの欠けや疵《きず》が目立つ古びた彫像にもどり、図書室で感じた異様な雰囲気は跡形もなく消えている。

(……あのおかしな出来事は呪いの影響だったっていうことか？)

クロエが言ったとおり、ミシェルの演奏には呪いを解く力があったということだろう。

だが、すべての呪いを一掃するほどの力はなかった——だから玄関の扉は閉ざされたままなのだ。

(つまり二度目、三度目の演奏が必要になるのか？)

げんなりしながら二階にもどる途中、ミシェルは階段の上に置かれたぬいぐるみを見つけた。

首にあざやかな橙色《だいだいいろ》のリボンをつけたテディベアだ。

ふわふわした両手は、なにかを抱きしめるように胸の前で交差している。

よく見るとそれは鈍く光る真鍮《しんちゅう》の鍵《かぎ》だった。

キーヘッドには天使をデザインした精緻《せいち》な透かし彫りが施されている。

ミシェルは鍵をポケットに入れ、テディベアを小脇に抱えて階段を駆け上がる。

階段の途中で拾ったテディベアを見て、クロエは驚きに目を丸くした。

「この子、ずっと前になくなっちゃってたの！　見つけてくれたのね。ミシェル、ありがとう！」

テディベアを抱きしめてほおずりするクロエに、ミシェルは一階の様子を語った。

一階に明かりがついたと聞いて目を輝かせ、玄関は開かなかったと知ってしょんぼり肩を落とす。

「……うん。まだ足りないみたい。ミシェル。また、演奏してくれないかしら」

申し訳なさそうに上目遣いで頼まれて、ミシェルは軽く肩をそびやかす。

「どの曲を弾けばいい？」

「…………ごめんなさい、わからないの」

クロエは不安そうにミシェルを見上げ、ぎゅうっとテディベアを抱きしめる。

「……楽譜を探して。ここにも、あると思うから」

「わかったよ」

解放までの道のりは、まだまだ険しいようだ。

ミシェルは燭台の明かりを頼りに二階の探索を開始する。

午前二時を告げる鐘が、おごそかに鳴り響いた。

◆◆◆

天使の鍵に対応する扉はすぐ見つかった。

大広間の西に位置する部屋の扉に、翼を広げた天使のレリーフが彫られている。

鍵が外れ、扉が開いた途端に、ミシェルは室内の異常に気づいた。

(なんだこの部屋……?……暗すぎる)

明かりが消えているからというだけではない。扉を一枚隔てた大広間に比べても闇が濃いのだ。

心なしか、部屋に入った途端に蠟燭《ろうそく》の明かりまで弱々しくなったように思えた。

ミシェルは燭台を高くかざして室内を眺める。

部屋の中は城の形にデザインされた大きな仕掛け時計をはじめとして、クマやウサギのぬいぐるみに陶器人形のオルゴールと、様々なおもちゃであふれていた。

(子ども部屋か)

壁際には大きな暖炉があり、その隣には木彫りの兵隊人形が飾られた台座が据えられている。

詳しく調べようと前に踏み出したとき、爪先《つまさき》がコツンと硬いものに当たった。

明かりを近づけると台座の下に、壊れた木彫りの兵隊人形が落ちている。

おそらく台座の上に飾られている人形と対になる人形だ。

しかし、こちらの人形は頭の部分が割れ、手足が折れてなくなっている。

（……ただ落としたぐらいじゃ、こんなふうには壊れないだろう。壁にでも叩《たた》きつけたのか？）

詳しく調べてみるために、ミシェルは暖炉に火を入れる。

しかし、すでに薪《まき》が燃え尽きていたのか、期待したほど明るくはならなかった。

「これじゃ火がもたないな……。薪がないと」

うっすらと照らし出された室内を見回して、ミシェルは顔をしかめた。

床の上には倒れた椅子が転がり、抱き人形やテディベアが無造作に放り出されている。

ミシェルはぬいぐるみに手を伸ばした。

布と綿からできているはずのそれは手にずっしりと重く感じられる。

奇妙に思いながら拾い上げると、ぼたぼたぼたっ！　と赤黒い液体がテディベアから滴り落ちた。

「え……」

ぐるん！　と勢いよくこちらを向いたテディベアの胴体は、刃物でずたずたに切り裂かれていた。

腹部からはみ出した綿は鮮血に濡《ぬ》れて垂れ下がり、首元のリボンは赤黒く染まっている。

「…………っ!?」

ミシェルは反射的にテディベアを放り投げた。

血まみれのテディベアは床で弾んで暖炉に落下する。くすぶっていた暖炉の火がパッと燃え上がり、一瞬、室内を明るく照らした。

「…………」

ミシェルは続けて椅子の破片を火に投じてみたが変化はない。

少しためらってから壊れた兵隊人形の残骸も暖炉に投じると正解だったらしく、火の勢いが増した。

パチパチと音を立て始めた暖炉の明るさに追われるように、室内に満ちていた闇は退《ひ》いていく。

燃え盛る暖炉から、ぱちんと火の粉が弾けた。

くるくると回って落ちた火の粉は、しかし絨毯《じゅうたん》を焦がすことはなく、そこからすうっと影が伸びて、小さな子どもの形に変わる。

暖炉から現れた影は、ぽかんとしているミシェルに向かって恭しい仕草で一礼した。

『やぁ。キミのおかげで出てこられたよ、ありがとう』

ミシェルは忽然《こつぜん》と目の前に現れたしゃべる影を見つめた。

――図書室に落ちていた薄気味の悪い本や、ギャラリーで遭遇した白い少女を前にしたときのような危険な空気は感じない。不思議と懐かしいような気もした。

(……だからって、味方だとは限らないけど)

ミシェルは警戒心も新たに奇妙な影に向き直る。

「きみは?」

『ボクは〝ともだち〟さ。もう、消えてしまったけれど』

「消えた……?」

ミシェルが眉《まゆ》を顰《ひそ》めると〝ともだち〟は肩を揺らして笑った。

『昔はこうしてよくおしゃべりできたんだけどね、ある時期を境にボクはいなくなってしまったんだ』

「……いるじゃないか、今ここに」

『今のボクは残骸だよ。彼女の記憶のひとかけらに過ぎない』

「……えっと？　彼女っていうのは、クロエのこと？」

ミシェルの問いに〝ともだち〟は沈黙を返した。

目鼻も口もわからない影の気持ちは、ミシェルには読み取ることができない。

短い沈黙の後、ふと〝ともだち〟はミシェルが抱えているヴァイオリンに目を向ける。

『……ちょっと待てよ。ねぇ、もしかするとキミって……』

――にゃあ。

不意に響いた甲高い猫の鳴き声が〝ともだち〟の言葉をさえぎった。

部屋の中央に置かれた天蓋《てんがい》付きのベッドから、黒い猫と白い猫が飛び出してくる。

黒猫は仔猫《こねこ》と成猫の間ぐらいの大きさで、しっぽをピンと立ててミシェルの前に座った。

白猫は黒猫よりも二回りは大きな傷だらけのオス猫で、ミシェルを警戒して距離を取っている。

「猫……？　いつの間に入り込んだんだ」

――にゃあ！

黒猫はミシェルに答えるように高い声で鳴き、ぐりぐりと足元に頭をこすりつけてくる。

「ノワール、ブラン！」

勢いよく扉が開いてクロエが小走りに駆け寄ってきた。

猫たちが揃っているのを見つけて、ホッとしたように笑う。

「もう、こんなところにいたの。探したのよ」

「クロエ。それ、きみの猫か？」

「そうよ、クロエが飼ってるの。ノワールとブラン」

（安易な名前だ）

しかし幸運なことに、うっかりミシェルが本音を吐露する前に、クロエが不思議そうに尋ねてきた。

「……ミシェルはここでなにをしてるの？」

「ぼく？」

「声がしたから、誰かとお話ししてるのかと思ったけど、誰もいないのね」

「えっ？」

ミシェルはあわてて背後を確認した。まだ〝ともだち〟はそこに立っている。

けれど、不思議そうに部屋の中を見回すクロエの目には〝ともだち〟の姿は映っていないようだ。

『……さっき言ったろ？　ボクは、もう消えてしまったんだって』

みゅう、とノワールが悲しげに鳴き、クロエはノワールを抱き上げて背中を撫《な》でた。

「……ノワールはひとりで勝手に歩き回っちゃだめよ。クロエ、心配になるから……。ねっ、ブランも叱ってあげて」

白猫は無言でクロエを見上げ、すたすたと出口に向かう。

部屋から出て行く直前、寡黙な白猫は一瞬だけミシェルを振り返った。

その視線に強い敵意を感じ取って、ミシェルはブランの姿を目で追ったが、傷だらけの痩《や》せた体は、ひらりと扉の向こうに消えてしまった。

「……ブランはノワールと違って、本当に鳴くのが嫌いなのね」

クロエは残念そうにつぶやいて、ノワールを抱いて部屋から出て行く。

『……呪いなんて忌々しいばかりだけど今は感謝しないとね。おかげでキミと話ができる』

クロエの後ろ姿を見送っていた〝ともだち〟が再び口を開いた。

『キミにお願いがあるんだ。魔女の部屋から、クロエの思い出の品を取り返してくれないか？』

「魔女の部屋？　どこにあるんだ、そんなもの」

『この館に住んでたんだ。……今はもう死んでしまったけれど』

ぼそりと陰鬱《いんうつ》な声でつぶやいて、〝ともだち〟は考え込むように腕を組む。

『本当はボクたちで取り返しにいければいいけど、この部屋の外は闇が濃すぎてよく見えないんだ』

「ボクたちっていうのは……きみと、誰？」

『ボクたち、だよ。かつてこの部屋にいた、彼女の友達だったことのある、みんな』

ふと視線を感じてミシェルは室内を見回した。

棚の上に置かれた小物たち、床の上に落ちたままの人形、木彫りの兵隊、陶器のオルゴール人形。

すべてのおもちゃがいつの間にか、ミシェルのほうを向いていた。

『……もしもボクの頼みを聞いてくれたら、代わりにキミが欲しがっているものをあげるよ』

ミシェルはまじまじと〝ともだち〟を見つめる。

――クロエは、彼女の思い出の曲を演奏することで、館の呪いが解けると言った。

それなら〝ともだち〟の頼みを聞けば、次の楽譜の手がかりを見つけられるかもしれない。

「わかった。ぼくがクロエの思い出の品を持ってくる。魔女の部屋というのはどこにあるんだ？」

『すぐに見つかるはずだ。今、あの子が鍵を見つけてきてくれた』

ふわりとやわらかいものが足元に寄り添う感触に、ミシェルは視線を落とす。

いつの間にか部屋にもどって来ていたノワールが、ちょこんとミシェルの足元に座っている。

人懐っこい黒猫は、口に咥《くわ》えた真鍮の鍵を、得意げな顔でミシェルに差し出した。

『扉に彫られた百合のレリーフが魔女の部屋の目印だよ。……ミシェル、キミに幸運を』

◆◆◆

ミシェルは〝ともだち〟から頼まれたクロエの思い出の品を見つけるために、彼の言う〝魔女の部屋〟を探して館の二階を歩き回った。

魔女の部屋は〝ともだち〟が言ったとおり、すぐに見つかった。

百合のレリーフが彫られた扉を開け、ミシェルは室内を注意深く見回す。

一見しておかしなところはなにもないようだ。

ただ部屋の中央に置かれた天蓋付きのベッドから、人の気配を感じる。

覆いの薄布をめくってみるとベッドの上には誰もいない。

（……気のせいだ、気のせいだ、絶対に気のせいだ）

ミシェルは自分自身に言い聞かせながら、魔女の部屋の探索を開始した。

部屋を調べ始めてすぐに、ここが魔女の部屋と呼ばれている理由はミシェルにもわかった。

煮えたぎる大鍋こそなかったが、棚の中には作り物の髑髏《どくろ》や、悪魔を呼び出す魔法陣が描かれている羊皮紙、不気味な色をした秘薬入りの小壜《こびん》が山のように隠されていた。

本棚は気持ちの悪いタイトルの魔法書でいっぱいだ。

ミシェルは壁に掛かった肖像画を見上げる。

ふっくらとした顔立ちの優しげな貴婦人の肖像画だ。やわらかそうな黒髪や面差しが、クロエによく似ている。

（……こんな優しそうな人が、どうして魔女になんかなったんだろう？）

戸棚の奥を探っていた指先に引っかかりを覚えて、ミシェルは中を覗《のぞ》き込む。

普通の引き出しの奥に、外からはわからないように秘密の引き出しが隠されている。

（これか！）

意気込んで引っ張り出した箱からは、古びた抱き人形が転がり出てきた。

人形は手作りらしく布製で、頭髪は黄色い毛糸製、一目で高価なものではないのがわかる。

つくりは丁寧だが、わざわざ秘密の引き出しに隠しておくような品だとは思えない。

「……変な顔だ」

ぽつりとミシェルがつぶやいた。

ボタンと刺繍《ししゅう》糸で作られた人形の顔には、今にも泣き出しそうな表情が浮かんでいる。

ミシェルは詳しくないが、こういう人形は普通、楽しそうな顔で作るものじゃないんだろうか？

『……その。奥様って、本当にクロエお嬢様の母君なんですか？』

「!?」

不意にすぐそばで押し殺した声が聞こえて、ミシェルは驚いて人形を取り落としかけた。

あわてて人形をつかみ、そっと背後を振り返ると、床の上に二体のテディベアが座っている。

一体は青いリボンを首につけている小さなテディベア。

もう一体は首に紫色のリボンをつけているぼろぼろのテディベア――毛皮はずたずたに切り裂かれ、目のボタンは取れかけて、白い糸でかろうじて繋《つな》がっているような状態だ。

小さなテディベアは言いにくそうに、もじもじしながら続ける。

『あんな小さなお嬢様がいる割には……その、お年を召してらっしゃるから……』

『……まぁ、言いたいことは分かります。あなたは当家に勤め始めて、まだ日が浅いですからね』

小さなテディベアの言葉に、紫のテディベアはずたぼろの手で額をおさえる。

その仕草には主人を憂える数十年来の使用人のような貫禄《かんろく》があった。

『この家の奥様は、昔はそれはそれはお優しくて、お美しい方でいらしたのよ』

『……私には想像できません』

『そうでしょうね、最初から最後まで、すべてこの目で見た私ですら信じられないわ。たった数年で、あんな、まるで老婆のように……』

『……おいたわしい。奥様は、まだ、三十二歳だというのに……』

ぐうっと室内の闇が密度を増した。

ミシェルはうなじの毛がそそけ立つような悪寒を覚える。

（まずい……！）

急いで扉に駆け寄ったが、ノブは凍りついたように動かない。

脱出方法を求めて忙《せわ》しなく室内を見回していたミシェルの視線は、肖像画に釘《くぎ》付けになった。

――絵が、変化している。

額縁の中で微笑んでいた優しげな貴婦人の姿が、ゆっくりと歪《ゆが》んでいく。

まろやかな頬はこけ、目は落ち窪《くぼ》み、白い肌は茶色くしなびて樹皮のようなしわに覆われる。

慈愛に満ちた瞳《ひとみ》は狂気でよどんで虚《うつ》ろに曇り、貴婦人の肖像は醜悪な老婆の肖像に変わっていた。

「…………っ！」

驚いて後ずさった拍子に、ミシェルは壁際に置かれていたくずかごを蹴倒してしまった。

ガランと倒れたくずかごの中から、くしゃくしゃに丸められた紙くずが転がり出る。

――どう見てもただのゴミに過ぎないそれに、なぜか注意を引かれた理由はわからない。

ミシェルは思わず飛びつくように紙くずを拾って広げる。

それは一目で小さな子どもが描いたものだと分かるつたない絵だった。

父親らしい灰色頭の紳士と、母親らしい緑のドレスを着た女性の間で、紫のワンピースを着た少女がニコニコと笑っている。

「……きっとこれだ」

見つけた絵を胸に抱きしめて、ミシェルは再びドアノブをつかんだ。

扉は拍子抜けするほどあっさりと開き、ミシェルは全力で魔女の部屋から逃げ出した。

◆◆◆

魔女の部屋で手に入れた古い絵を届けるために、ミシェルは子ども部屋に駆けもどった。

ミシェルを出迎えた〝ともだち〟は、魔女の部屋で見つけたしわくちゃの絵を大喜びで受け取った。

『これはね、ただの絵じゃない。彼女が幸福な子どものままでいられた時間の象徴なんだ』

とらえどころのない〝ともだち〟の声が、懐かしむような響きを帯びている。

『それは彼女だけでなく、ボクたちにとっても幸福な時間だったんだ……ありがとう、ミシェル』

ぼろぼろの画用紙が不意にまばゆい光を放ち、ミシェルは反射的に目を瞑《つぶ》る。

同時に床を踏んでいる感覚が消えた。上下左右の感覚がなくなり、ミシェルはあわてて目を開ける。

――ミシェルの体は子ども部屋を見下ろす格好で宙に浮かんでいた。

「…………!?」

叫んだ言葉は声にはならず、ミシェルは混乱した頭で眼下に広がる景色を眺める。

見下ろした景色は、数十秒前まで自分がいた部屋とは少し様子が違っていた。

台座の上には対になった木彫りの兵隊が二体そろって立っている。

城の形をした仕掛け時計の前には、色違いのリボンをつけた五匹のテディベアが仲良く並んで座り、そして部屋の片隅に置かれた書き物机で、クロエが絵を描いていた。

(あの絵だ)

父親と母親とクロエ、三人が並んで描かれた幸福な絵。

生真面目な表情で色を塗っているクロエは、ミシェルが知っているクロエよりも少し小さい。

今より少し丸みを帯びた頬は薔薇色《ばらいろ》で、すみれ色の瞳はいきいきと輝いている。

そして――子ども部屋の中はとても明るかった。

「……できたの！」

クロエが画用紙を手に立ち上がった。

ぱたぱたと暖炉に駆け寄り、描きあがったばかりの絵を〝ともだち〟に披露する。

「ねぇ、見て見て。お父様とお母様とクロエ。上手？」

『わあ、すごいね。三人とも仲良しだ』

「えへへ。クロエ、頑張ったの」

『お父様とお母様にも見せてきたら？　きっと喜んでくれるよ』

「うん！」

クロエは大きくうなずいて、ドレッサーの前で身だしなみを整えた。

部屋中のおもちゃたちが口々にクロエに声をかける。

『クロエ、今日のお洋服もかわいいわね』

「えへへ。クロエ、このお洋服が一番好きなの！」

『クロエ、明日はぼくたちと合奏だよ！』

『きみのピアノを聴くのは楽しみだなあ』

「うん、兵隊さん！　クロエも楽しみなの！」

クロエはおもちゃたちの呼びかけに満面の笑みで答えていた。

幼いころによく母が読んでくれた童話のような、平和で不思議な光景だ。

にぎやかな声に送られて部屋を出て行こうとしたクロエが、扉の前で立ち止まる。

「……あ！　お父様！」

扉を開けた向こうにクロエの父親が立っていた。

クロエが絵に描いたとおりの背の高い、灰色の髪の紳士だ。

（――蜘蛛みたいだ）

ミシェルはクロエの父親に、初対面としてはかなり失礼な感想を抱いた。

長身痩軀《そうく》で手足ばかりが長いシルエットは、巣を張って獲物を待つ巨大な蜘蛛を連想させる。

「お父様！　見て下さい！　クロエ、頑張って……」

「クロエ」

「……お父様？　どうなさったの？」

「……お前はもう八歳だったな」

「はい、お父様。先月で八歳になりました」

「………」

父親は無言でクロエを凝視した。嫌な目つきにミシェルは彼に対する悪印象を深める。

クロエは黙り込んでしまった父親を前に、どうすればいいのかわからず、ただ見上げている。

「お父様……あの、これ……」

おずおずと差し出した絵には目もくれず、父親は部屋を出て行ってしまった。

追いかけようとしたクロエの目の前でばたんと扉が閉じられる。

「…………あ」

クロエは扉の前にぽつねんと立ち尽くした。

ひらりと〝ともだち〟がクロエの隣に現れて、励ますように背中を撫でる。

『大丈夫。きっと、お母様なら喜んでくれるよ。見せに行ったら？』

「……いい。もう、寝るの」

クロエはとぼとぼとベッドに入った。

枕元に置かれていた金髪と茶髪の抱き人形が、そっとクロエにささやく。

『クロエ、明日はお母様に絵を見せてあげてね』

『お母様、きっと喜ぶわ。よく描けてるわねってほめてくださるわ』

「……ほんとうに？」

『本当よ。お母様はクロエのことを愛してくださってるんですもの』

『クロエが怖い夢を見なくてすむように、私たちを作ってくださったんですもの』

抱き人形は仲睦《なかむつ》まじい親子のようにぴったりと寄り添いあってクロエを励ます。

沈んでいたクロエの顔に、少しずつ笑顔がもどってくる。

「……うん。明日はお母様に絵を見せに行くの」

『いい子ね、クロエ』

『あなたがぐっすり眠るまで、子守唄を歌ってあげる』

金髪の人形が優しい声で歌い始めた。

その歌声に合わせて、木彫りの兵隊が得意の楽器を演奏し、オルゴールの人形が優雅に踊り出す。

棚の上に並べられた小物たちのハミングに合わせて、時計の鐘がメロディを奏でる。

『……おやすみ、クロエ。いい夢を』

囁くような〝ともだち〟の声を合図に暖炉の火が消えて、ミシェルの視界は再び暗転した。

◆◆◆

次に目を開けたときには、ミシェルは火の消えた暖炉の前に立っていた。

部屋の中は薄暗く、にぎやかな音楽も〝ともだち〟もない。

ぼんやりとした暗がりの中で、おもちゃ箱だけが淡い光を帯びて輝いて見える。

そっと蓋《ふた》を開けると、中からおもちゃの小太鼓が出てきた。

ミシェルに〝ともだち〟が見せた思い出の景色の中で、木彫りの兵隊が叩《たた》いていた小太鼓だ。

感傷的な気分になって、ミシェルはゆっくりと部屋の中を見渡す。

光と音が消えた子ども部屋は、初めて見たときよりも更に寂しい場所に見えた。

(あれは失われた風景なんだ)

クロエとおもちゃと〝ともだち〟が幸福だった時間は終わり、もう二度と帰ってこない。

ミシェルは魔女の部屋で見つけた金髪の抱き人形を、ソファに座らせた。

それから床の上に落ちていた茶髪の抱き人形の埃《ほこり》をはらって、金髪の抱き人形の隣に並べる。

最後に小太鼓の紐《ひも》を木彫りの兵隊の首にかけてやり、台座の上に落ちていたばちを握らせた。

「……なにをやってるんだ、ぼくは」

ミシェルは小さなため息を吐《つ》いた。

こんなことをしたって、あのおとぎ話のような風景はもどってこない。

頭では理解していても、こんなふうに無惨なままで放置しておくのは耐えられなかった。

——タタン。

微《かす》かな音にミシェルはうつむいていた顔をあげた。

木彫りの兵隊が、小太鼓を叩き始めている。

ゆっくりと刻まれるリズムに、何年も埃をかぶっていたオルゴール人形が優雅に踊り出す。

仕掛け時計の鐘が鳴り、ソファに並べられた抱き人形がハミングし始めた。

ミシェルが初めて聴く、物悲しいけれど美しい不思議な合奏が室内に流れる。

「これは……？」

思いがけない展開に呆然と立ち尽くすミシェルの耳に、ひそやかな笑い声が届いた。

『……どうもありがとう。そういえば、まだお礼を渡してなかったね』

おどけた〝ともだち〟の声に続いてひらりと頭の上から紙片が降ってきた。

五線譜の上に書き込まれた音符が綴《つづ》る曲名は『トロイメライ』——ロベルト・シューマンが作曲したピアノ曲『子供の情景』の中で、最も有名な七番目の曲だ。

『それと——これはキミが持っていくといい。きっとキミのことを守ってくれるから』

楽譜に続いて落ちてきたしわくちゃの画用紙は、すとんとミシェルの手の中に収まった。

白い画用紙には八歳のクロエが描いた幸せな家族の肖像が描かれている。

『……「子供の情景」ってね、大人が昔を振り返る曲なんだよ。きっと今の彼女には、振り返ることが必要なんだね……』

しんみりとしたつぶやきを最後に〝ともだち〟の気配が消える。

クロエの絵をしまい、楽譜をまとめたミシェルの耳に、ちりんと鈴の音が届いた。

ミシェルがソファに置いた金髪の抱き人形が、小さな鈴を差し出している。

仲睦まじい親子のように、ぴったりと寄り添いあった抱き人形の顔に浮かんでいるのは、引き出しの中から見つけたときのさびしげな表情ではなく、優しい笑顔だ。

「……ぼくに、くれるのか？」

遠慮がちに差し出した手の中に、鈴は軽やかな音を立てて落ちてきた。

「……あ、りがとう」

人形に話しかけるのは少し恥ずかしかったが、すぐに返ってきた笑顔が本当に嬉《うれ》しそうだったので、ミシェルはぎこちない笑顔を返して、音と光がよみがえった子ども部屋を後にした。

【間奏曲2】


楽譜を手に入れたミシェルが去った後、子ども部屋には再び静けさがもどってきた。

〝ともだち〟は安堵《あんど》と共に目を閉じて、再び闇の中でまどろみ始める。

『……あの少年は、本当に『彼女』を救ってくれるだろうか？』

木彫りの兵隊のつぶやきに〝ともだち〟は散らばりかけていた意識をまとめて、暖炉の前に現れた。

『さあね、ボクたちには祈ることしかできない。今の『彼女』にはボクたちの声は聞こえないから』

まだ幸福な子どもだったころ、よく『彼女』はおもちゃたちとおしゃべりをしていた。

悲しい思いをした『彼女』を慰めることも、喜びを分かち合うことも、彼らの役目だった。

幼いころから『彼女』が創り上げてきた小さな空想の王国が、粉々に破壊されてしまうまでは。


――あの日、『彼女』は頬を上気させ、息を弾ませて部屋にもどってきた。

「さっきね、あの絵をお母様に見せてきたの！」

『それはよかったたね。お母様はなんて？』

「ありがとう、と言って、受け取ってくださったの」

『キミが頑張って描いた絵だもの。喜ばれるに決まってるよ』

そうね、と答えてから『彼女』の表情が曇った。

「……でも、お母様、ちょっと顔色が悪かった。きっとお体がすぐれないのよ。……最近は、お父様もなんだか様子がおかしいし……どうなさったのかしら」

当時は『彼女』も〝ともだち〟も知らなかった。

愛する母親が心を病み始めていたことも、狂気の中で娘に対する憎悪を育てていたことも。

だから〝ともだち〟は、少しだけ考え込むように腕を組んで『彼女』を元気付けた。

『うーん、きっとなにかあったんだよ。キミの知らないところでさ』

「……それは、よくないことかしら？」

『大丈夫。何も心配いらないよ。ねえ、キミたちもそう思うだろ？』

おもちゃたちは〝ともだち〟に賛同し、口々に大丈夫だよ、心配いらない、と『彼女』を励ました。

不安で曇っていた『彼女』の顔に笑顔がもどるのを、みんなが喜びながら見守っていた。

――彼らは幸福で、無垢《むく》で、どうしようもなく愚かだった。

親が我が子を心から愛して慈しんでくれるものだという常識を疑ってすらいなかった。

だから『彼女』の父親が部屋を訪れ、無言で『彼女』を殴り始めたときには、『彼女』と同じように言葉を失い、呆然と『彼女』が傷つけられるのを見ているだけだった。

殴られた『彼女』が椅子にぶつかってこめかみを切り、ぽたりと血が床にこぼれたのを見て、陶器のオルゴール人形が悲鳴を上げた。

そこで〝ともだち〟は我に返って『彼女』を助けなければいけないと気がついた。

『逃げて！　お父様から逃げるんだ！』

床にうずくまっていた『彼女』は弾かれたように顔をあげ、部屋の外に逃げ出そうとした。

父親は緩慢な動作で『彼女』の髪をつかまえ、力ずくで引きずりもどす。

骨ばった父親の手を『彼女』は必死の抵抗で振り払い、暖炉の前まで逃げてきた。

父親は嫌な笑いを浮かべながら近づいて、木彫りの兵隊の足をつかんだ。

木彫りの兵隊は凶器にされ、何度も何度も『彼女』の足の上に振り下ろされて、とうとう『彼女』の足が折れる音を聞いて絶叫した後、永遠に沈黙してしまった。

赤いリボンを首につけたテディベアは、『彼女』が突き飛ばされたときの衝撃で床に落ちて、父親に踏みつけにされ、最後は『彼女』の血を拭《ぬぐ》う道具として使われて、打ち捨てられた。

耐え難い激痛の中で『彼女』は、大切な友人たちが傷つくのを見て、こう考えてしまった。

——自分が父親に抵抗すればするほど、彼らがひどい目に遭わされるのだ、と。

「……もう声をあげなくなったのか。つまらないな」

抵抗をやめた『彼女』を見て、父親は興ざめしたようにつぶやいた。

「おまえには憎悪が足りない。絶望も足りない。だから私は、おまえにそれを与えてやろう」

涙に濡れた顔で自分を見上げた『彼女』を父親は容赦なく殴りつける。

「ありがとうございます、はどうした？」

「……りがと……ござ……ま……」

「おまえは、私のために存在する。なぜなら、おまえが私の娘だからだ。……わかったね？」

「…………」

「返事をしなさい」

鈍い打撃音。

「…………はい」

「これから一生、おまえは私に逆らえない。わかるね？」

「…………はい……」

それから父親が無抵抗の『彼女』にしたことを、彼らは今でも正確には理解していない。

ただ、あってはならないおぞましいことが起きていることだけは、彼らにもひしひしと感じられた。

虐待されている間、『彼女』は「どうして」と何度も弱々しい声でつぶやいていた。

きっと自分がこんなむごい目に遭わされる理由が、どうしてもわからなかったのだろう。

混濁する意識の中で、たすけて、とうわ言のように繰り返していた『彼女』の目から光が消える。

「…………誰も、来ない……」

それはおそらく『彼女』が生まれて初めて絶望を知った瞬間だった。


ようやく父親から解放されたとき、『彼女』はボロボロの体で床に転がっていた。

――もしかしたら、死んでしまったのかもしれない。

そう思い始めていたおもちゃたちは、のろのろと『彼女』が起き上がるのを見て歓声をあげた。

『大丈夫か!?　急いで傷の手当をしなければ！』

『先に体を綺麗《きれい》にしないと！　メイドを呼んで！』

　にぎやかになった部屋の中で『彼女』は不安そうに周囲を見回す。

「……みんな、どうしたの？　なんで、なにも言ってくれないの？」

『えっ……？』

「どうして……返事をしてよ……お願いよ……」

　震える声でつぶやきながら『彼女』はボロボロの体を引きずって、暖炉に近づく。

『大丈夫？　手を貸そうか？』

　危なっかしい足取りを見て心配になった〝ともだち〟は、すぐに『彼女』に駆け寄った。

　けれど『彼女』は手を差し伸べる〝ともだち〟の横をすり抜けて、よろよろと暖炉に向かう。

　暖炉の前で『彼女』は壊れた木彫りの兵隊の残骸を見つけた。

　父親に『彼女』を殴る凶器として使われた後、壁に叩きつけられて壊れた兵隊は、手も足も折れて、頭は半ば砕け、二度と得意の笛を吹くことも、陽気にしゃべることも、できなくなっていた。

　震える手で兵隊の残骸に触れた『彼女』の目から、大粒の涙がこぼれ落ちた。

「……みんな……きっと、怒ってるのね。私のせいで、こんな、ひどい目に遭ったから……」

『なにを言ってるんだ！　きみのせいなんかじゃないだろう！』

『そうよ！　誰も怒ってなんかいないわ！　怒るわけがないじゃない！』

　おもちゃたちが必死で呼びかける声にも『彼女』は反応しない。

　虚ろな紫色の瞳は、どこか遠くを見ているようだった。

「……私のこと、嫌いになっちゃったから。……だから、もう返事をしないのね」

からん、と『彼女』の手から木彫りの兵隊の残骸が落下する。

そのまま『彼女』は糸の切れた人形のように倒れ伏し、静かにすすり泣き始めた。

「……もう、二度と私を許してくれない……」

おもちゃたちの悲鳴も慟哭《どうこく》も、ついに『彼女』の耳に届くことはなかった。

――そして『彼女』は〝ともだち〟の姿を見ることも、おもちゃの声を聞くこともできなくなった。

繰り返される父親の虐待から逃げられず、その苦しみを打ち明ける相手も失った『彼女』が、孤独と絶望に押しつぶされ、少しずつ笑顔を失っていく様子を、彼らはただ見守るしかなかった。

『……彼は、呪いに勝てるのかしら？』

茶色い髪の抱き人形が不安そうにつぶやいた。

『あいつは残酷でずる賢いから、まだ子どもの彼では太刀打ちできないかもしれないわ』

『然《しか》り。確かにあの少年には見所があるが、あの男に対抗するには幼すぎる！』

木彫りの兵隊が重々しく同意する。

茶髪の抱き人形が震えた。金髪の抱き人形は勇気付けるように片割れに寄り添う。

『でも、ミシェルならきっと勝てるわ。だって彼は特別だもの』

『その通りよ。だってあの男から『彼女』を守れたことがあるのは、彼しかいないんだから』

おもちゃたちのやり取りに〝ともだち〟は、部屋の片隅に置かれた書き物机を振り返った。

机の上には一通の白い封筒が置かれている。

中身は『天才少年　ミシェル・ダランベールのコンサート特別招待券』と書かれたチケットが一枚。

――もしも嵐の夜、呪いが館を覆いつくさなければ、ありえたかもしれない穏やかな未来を思って、ほんの少しだけ〝ともだち〟は目を閉じ、それからおもちゃたちに向き直る。

『ボクたちはミシェルを信じるしかない。だって「彼女」は、ずっとミシェルを待っていたんだから』

この絶望的な状況を引っくり返せる人間がいるとすれば、あの少年以外には考えられなかった。

【第三楽章】

Chloe's Requiem

~infinito~

――にゃあ。

天使のレリーフが彫られた子ども部屋の扉を閉めると同時に、猫の声がした。

声を追って振り返ると、大きな傷だらけの白猫の姿が、ぼんやりと暗闇の中に浮かび上がる。

「……ブラン？」

――そういえばブランの鳴き声を聞いたのは初めてだ。

やたら人懐っこいノワールとは対照的に愛想のない白猫は、少し前に子ども部屋で会ったときには、一度も声をあげなかった。

ブランはじっとミシェルを見つめ、軽く尻尾《しっぽ》を一振りして歩き出した。

ミシェルの視線の先で、不意にブランは身をひるがえして扉の陰に消える。

ブランの後を追いかけたミシェルは、探索を開始したときは確かに鍵《かぎ》が掛かっていたはずの扉が、何故か半開きになっていることに気づいた。

「おい、ブラン。勝手に入ったら……」

入り口から燭台をかざして見るがブランの姿は見つからない。

室内には実用的な必要最低限の家具と、簡素なベッドがいくつか並んでいた。

おそらく使用人部屋だろう。

にゃあ、とベッドの陰から再びブランの声があがる。

仕方なしに部屋に入り、隠れたブランを捕まえようと毛布をつかんだミシェルは、視界の隅に映った赤色に気づいてギョッとした。

――シーツは鋭い刃物のようなもので引き裂かれ、べっとりと赤黒いシミが広がっている。

思わず毛布を離した瞬間、ミシェルは強い眩暈《めまい》に襲われた。

軽く頭を振って顔をあげたときには、部屋の様子は一変していた。

ミシェルの目の前にあるのは天蓋《てんがい》付きのベッド、繊細な装飾が施された家具の数々、壁際に飾られたパーティードレスと、壁に飾られた肖像画――

(――これはさっきの部屋じゃない。これは魔女の部屋……クロエの母親の部屋だ!)

ガチャリと扉が開いて、ミシェルは反射的にベッドの陰に隠れる。

部屋に入ってきたのは気の弱そうな顔つきをした若いメイドだった。飾り気のない服装の中で唯一、襟元を飾る橙色《だいだいいろ》のリボンだけがあざやかだ。

メイドは丁寧に掃除を始める。棚の埃《ほこり》を落とし、床を掃き、家具を磨く。

それから花瓶に飾られた花が枯れているのに気づいて、思わず眉《まゆ》を曇らせた。

「……もう枯れてる……昨日、新しく換えたばかりだったのに……」

メイドはため息を吐《つ》いて枯れた花を花瓶から引き抜き、不意にミシェルを振り返った。

ぎくりと固まったミシェルには目もくれず、ベッドの陰に落ちている空の酒瓶を拾い上げる。

「……奥様、またこんなにお酒を召しあがって……」

――どうやら自分は彼女には見えていないらしい。

おそらく、これも子ども部屋で〝ともだち〟が見せてくれたのと同様、過去の光景なのだろう。

ミシェルが肩の力を抜き、メイドと共にベッドの陰に屈《かが》んだところで、バタンッ！　と荒々しい音を立てて部屋の扉が開いた。

ミシェルは弾かれたように部屋の入り口を見る。

そこには、この部屋の女主人――クロエの母親が立っていた。

女主人はまだ豊かな黒髪も優雅な美貌《びぼう》も失っていなかったが、なまじ外見が美しいだけに、その目が憎悪にギラギラと血走り、口元が怒りに歪《ゆが》んだ様子は見るに堪えない。

彼女は左手にテディベアをぶら下げていた。

首に橙色のリボンがついた、あの天使の鍵を抱えて階段に落ちていたテディベアだ。

ベッドの陰に隠れていたメイドがハッとしたように顔を強張らせ、襟元のリボンに触れる。

それを見て、ミシェルは彼女のリボンが、テディベアとおそろいだと気づいた。

母親はベッドの陰に隠れているメイドには気づかず、ブツブツとつぶやきながら戸棚を開ける。

引き出しから取り出されたものは、銀色に光る大きな裁ちバサミだった。

母親はテディベアを睨《にら》みつけ、ハサミを逆手に握ってテディベアの胴体に突き刺す。

引き抜いて、突き刺し、引き裂いて、また引き抜く。

罪もないクマのぬいぐるみをズタズタにしながら母親はブツブツと低くつぶやいている。

「九歳だから」「あの紫の目が」「憎い」「あの人はもう私なんか」「あの子さえいなければ……！」

断片的に聞こえてくる呪詛《じゅそ》の言葉に、メイドの体が小刻みに震え始めた。

女主人は、引き裂かれてボロボロになったテディベアの残骸から目玉をえぐり出し、それを明かりに透かすように指でかざした。たがの外れた人間特有のあどけない笑みが浮かぶ。

女主人に気づかれないように、足音を忍ばせて部屋から出て行こうとしたメイドは、ベッドの近くに置かれていたくずかごに気づかずに、足を引っ掛けてしまった。

くずかごが転がる絶望的な音が響く。女主人がハサミを握りしめたまま、のろのろと振り返る。

その場で腰を抜かしているメイドを見つけた女主人の表情は、目まぐるしく変化した。

自分以外の人間が、自分の部屋にいたという驚き。

八つ当たりから娘の大切にしていたぬいぐるみを引き裂く醜態を見られたという羞恥《しゅうち》と屈辱。

そして、自分の醜態を目撃した使用人に対する怒りと殺意へ。

「あ……あ……奥様……、わ、わたし……」

震える声で許しを請おうと見上げるメイドの顔に、女主人は無言でハサミを振り下ろした。

鈍い音と共に鮮血が飛び散る。

悲鳴をあげて転げまわっていたメイドに馬乗りになって、女主人は繰り返しメイドの目を突き刺す。

震える唇は平坦な声で「見られた見られた見られた」と繰り返している。

残酷で凄惨《せいさん》な光景を目の当たりにしたミシェルが、こみあげる悲鳴と吐き気を呑《の》み込んで、ごくりと咽喉《のど》を鳴らした瞬間、クロエの母親はハサミを振り下ろす手を止めた。

ぐるん！　と勢いよく振り返った魔女の目が、彼女には見えないはずのミシェルの姿を捉《とら》えた瞬間、ミシェルは悪夢を振り切るように、現実の使用人部屋にもどった。

傍らのベッドは館の女主人が眠る天蓋付きの豪奢《ごうしゃ》なベッドではない。

使用人のために用意された簡素だが清潔なベッドだ――血まみれでさえなければ。

動悸《どうき》が激しい。ミシェルは肩で息をしながら目を閉じ、深呼吸を繰り返す。

必死で呼吸を整えて、目を開けたとき、ミシェルは部屋の闇が濃くなっていることに気づいた。

――誰かいる。誰かがじっと自分を見つめている。

ミシェルはじりじりと顔をあげた。暗闇の中に女がいた。胸より上は闇に溶けてはっきりしないが、ふわりと広がった長いスカートの裾から、エメラルドグリーンの爪先《つまさき》が見えた。

じょきり、と暗闇の中で音がする。

じょきり、じょきり、と立て続けに響いてくる鈍い金属音に、ミシェルはハサミを連想した。

（逃げなきゃ）

とんでもない危険が目の前に迫っている。頭では理解しているのに、指一本動かすことができない。

闇の中に立っていた人物が近づいてくる。足元から腰、右手に握りしめたハサミも見える。

赤錆《さ》びた刃の裁ちバサミは、血にまみれた貴婦人の手の中で、じょきり、と鈍い音を立てた。

（……動け、動け、動けっ！）

力を振り絞って後ろに立ち上がった拍子、ポケットの中に入れていた小さな鈴が、りん、と鳴った。

同時に空気が少しだけ軽くなり、ミシェルは体の自由を取りもどした。

扉に向かって全速力で走り出したミシェルは、視界の隅に白いものを捉えてギョッとする。

クロエの描いた家族三人の絵が、何故かテーブルの上に置かれていた。

（ポケットにしまっておいたはずなのに……！）

手を伸ばした瞬間、ぼたぼたと天井から滴り落ちた血が、絵の上に降り注いだ。

「……っ!?」

思わず手を引っ込めたミシェルの目の前で、鮮血は赤茶色のシミに変わった。

まるで、ずっと以前から血で汚れていたように見える。

不思議なことに三人並んだ絵の中で、クロエの姿だけが血で汚れていなかった。

――あの子さえいなければ……！

ミシェルは過去の幻視の中で、クロエの母親が叫んでいたことを思い出す。

（……魔女は、クロエに嫉妬《しっと》していたんだろうか？）

夫を娘に奪われると思った？　とても正気だとは思えない。

ミシェルはテーブルの上に置かれている赤錆びたハサミを手に取った。

父親と母親とクロエ。娘を真ん中に挟んだ家族の絵から、真ん中のクロエだけを切り取る。

それから両端に残った父親と母親の絵を寄り添わせると、夫婦だけの絵になった。

暗闇の中に立っていた人影が、含み笑うのが聞こえ、ゆっくりと扉が開く。

ミシェルは家族の絵から切り離されたクロエの絵を見つめ、そっとポケットに入れて部屋を出る。

去り際、ミシェルはテーブルの上に残されたクロエの両親の絵を眺めた。

血まみれの夫婦が寄り添う姿は、ミシェルの目にはひどく穢《けが》れた、忌まわしいものに映った。

◆◆◆

使用人部屋で出会った悪霊から逃れ、呪いを解くために第二の楽譜を手に入れて、演奏のために大広間にもどってきたミシェルを、ひどく取り乱した様子のクロエが出迎えた。

「ミシェル……！　大変なの！　ピアノが、ピアノが……！」

なにがあったのだろうと燭台をかざして、照らし出された光景に愕然《がくぜん》とする。

——大広間のグランドピアノは、完膚《かんぷ》なきまでに破壊されていた。

まるで巨大な手のひらで真上からぺしゃんと叩《たた》き潰《つぶ》されたような、ひどい有り様だ。

「こ、これじゃ演奏できないの……呪いも解けない……クロエ、ど、どうしたら……」

「ちょ、ちょっと、落ち着いてよ」

あまりの取り乱しぶりにミシェルはあわててクロエの肩に手を置いた。

クロエが涙をためた目でミシェルを見上げる。

「他にピアノのある部屋はないの？」

「……あるの。この上の階に大きなホールが……」

「だったらそこで弾けば……」

「でも……」

クロエは微《かす》かに血の気の引いた顔で上の階へ続く階段を見つめる。

「クロエ、あそこには行けないの。なんだか、とても嫌な感じがするから」

「でも二階のピアノが壊れた以上、わがままも言ってられないだろう。上にピアノがあるなら……」

階段の一段目に足をかけようとした途端、ぞわっとミシェルの背中を悪寒が這《は》い上がった。

急にガンガンと痛みを訴え始めた頭を振って、ミシェルは目の前の階段を振り仰ぐ。

——暗闇の中に、悪意を持ったなにかが潜んでいる。

——不用意な愚か者をなぶりものにするチャンスを、舌なめずりしながら待ち受けている。

目をそらしたら、そのなにかに食い殺されるような気がして、その場に立ち尽くすミシェルの足に、ぐりぐりとノワールが頭をこすりつけた。

不意にがくんと力が抜けて、ミシェルは思わず足元のノワールを見つめる。

——にゃあ。

まるで任せておけと請け合うように、ノワールは階段の下に立つ。

同時に、いつの間にかブランも反対側の階段の下に立っていた。

二匹の猫は階段の上に広がる暗闇を見透かすように、同時に顔をあげる。

「……あれっ？」

不意に息が詰まるほど圧倒的だった不吉な気配が弱まった。

ノワールとブランは階段の下から離れ、てんでに暗がりの中に消えてしまう。

ミシェルは階段を見上げ、それから不思議そうにこちらを見ているクロエに手を差し伸べる。

「……今なら大丈夫そうな気がする。行こう」

◆◆◆

薄暗い階段をのぼりきると、そこは小さなコンサートホールになっていた。

本格的なオーケストラ楽団が並べられそうな広いステージと、立派な観客席が用意され、ディナーをとりながら音楽を楽しむ人々のためにテーブル席まで設けられている。

「……あれ？」

暗がりの中に浮かび上がった光景を目にした瞬間、ミシェルは首をかしげた。

ここに足を踏み入れるのは初めてなのに、このホールに見覚えがあるような気がしたのだ。

「……気のせいかな」

屋敷の中に作られたステージなんて、どこも似たようなものだ。

きっと過去に招待された屋敷のコンサートホールのうちのどれかと同じ造りなのだろう。

「どうしたの、ミシェル？」

きょとんとした顔でクロエが覗《のぞ》き込んでくる。

「いや、なんでもない……演奏を始めよう」

ミシェルは軽く頭を振ってから、楽譜とヴァイオリンを手にステージに上がった。

クロエがパッと顔を輝かせ、ピアノに駆け寄る。


シューマンの『トロイメライ』は複雑な和音が美しい幻想的な曲だ。

『――トロイメライというのはね、ドイツの言葉で〝夢〟という意味なのですよ』

この曲を最初に教えてくれた亡き母の、穏やかで優しい声を思い出す。

幼かったミシェルにとって、夢というのは明るくて光に満ちた綺麗なものだった。

なのに、夢という曲名を与えられたこの曲の旋律は、優しい中にもどこか悲しい響きを帯びている。

それが当時のミシェルにはどこか不思議で、面白いことのように感じられた。

『……「子供の情景」ってね、大人が昔を振り返る曲なんだよ……』

あのとき、消えてしまう直前に〝ともだち〟がつぶやいた言葉がよみがえる。

幸せだった子ども時代の夢、母と弟と自分、三人いっしょにいられれば、それだけで世界は完璧《かんぺき》で、光にあふれていた。この幸福は永遠に続くと無邪気に信じられた。

時を隔てて夢に見る幸福だった子ども時代の風景は、今も変わらず美しいけれど、哀しい。

それはきっと、それが二度と取りもどせないことを理解しているからだ。

ミシェルは演奏を続けながらクロエを見つめる。

呪われた館に閉じ込められている少女。

ピアノが好きで、猫が好きで、ミシェルの演奏が好きな、無邪気で純粋な女の子。

（……ぼくは知りたい。クロエの身に起きたこと、クロエが感じていること、彼女のために、ぼくには一体なにができて、なにをすればいいのか）

そして、もしもクロエも同じように思ってくれたら、ミシェルは二度と取りもどせない幸福な過去を悲しいと思うことはなくなるような気がする。

最後の一音節が余韻を残して消え、暗闇の中から目に見えない観客たちの拍手が鳴り響いた。

ミシェルは背筋を伸ばし、観客席に向かって一礼する。

「……不思議だな」

「どうしたの？」

「…………あ、ううん。なんでもないんだけど……」

ミシェルは少し口ごもってから、ぽつぽつと語り始めた。

「……昔、ぼくは黒い仔猫《こねこ》を飼っていたんだ。可愛くて、賢くて、人懐っこくて……」

クロエはミシェルを見上げて微笑む。

「ミシェルも猫が好きなのね」

「うん……その仔猫の名前が、偶然だけどクロエって言ったんだ」

「クロエと同じなの！」

嬉《うれ》しそうなクロエの笑顔を見て、ミシェルは表情を和らげた。

仔猫のクロエもそうだった。ミシェルのことが大好きだと声と仕草と体の全部で訴えていた。

「……そのころ、ぼくはヴァイオリンが大嫌いで、演奏に行くのがつらくて、苦しくて仕方なかった。でもクロエが慰めてくれたから頑張れた。ぼくにとってクロエは大切な友達だった」

「そうなの……クロエ、猫のクロエに会いたいわ。ここから出られたら、会わせてくれる？」

「……クロエは、もういないんだ。死んでしまった」

これだけ時が経っても、それを言葉にするのは胸が痛んだ。

クロエは大きく目を見開き、きゅっと口を引き結んでミシェルの言葉の続きを待つ。

「ある日、父親に、クロエのことがばれたんだ。野良猫なんて演奏の邪魔になる、もし手を傷つけたらどうするんだって激怒して……父親に命じられたメイドが、山の中にクロエを捨ててしまった」

ミシェルは目を閉じて、まぶたの裏に小さな仔猫の姿を思い描く。

仔猫のクロエは、まだ自分では餌を獲ることもできないぐらい小さかった。

荒れた山の中に放り出されて生き延びられるはずもない。

「……仔猫のクロエを失ってから、ヴァイオリンを弾くことが苦痛になった」

強制されるコンサート、自分の演奏を絶賛する観客、なにもかもが嫌になっていた。

そのうち、自分がどうやって弾いていたのかすらわからなくなって、スランプに陥った。

そしてミシェルはヴァイオリンを捨てた。

こんな楽器のせいで、大切なものをすべて失うことになるなら、二度と触るものかと思ったからだ。

「……でも」

ミシェルはゆっくりと目を開けて、再びクロエに向き直った。

「……今の演奏は少し、楽しかったから、不思議だなと思って」

以前よりも遥《はる》かに自由に動く指と、思い描いた通りにあふれるメロディに、心が軽くなっていくのを感じながら、ミシェルは気がついた。

きっと自分は、ずっとこんなふうに演奏したかったのだ。

弾きたいと思う曲を、ただ好きなように、小難しい曲の解釈も立派な観客も報酬も無関係な場所で。

「……『あの子』にも聴かせてあげたいな。きっと、喜ぶと思うの……」

クロエは小さくつぶやいた。それから満面の笑みを浮かべてミシェルを見上げる。

「とってもね、素敵な演奏だったの！　どうもありがとう」

「……どういたしまして」

ミシェルがぎこちない笑顔を返すと、クロエはくすくすと楽しそうに笑った。

それから、ふと薄暗いままのホールを見渡して、しょんぼりと肩を落とす。

「……でも、まだ……みたい」

「そうだね」

ホールに広がる闇は晴れる気配がない。

今の曲でも、館にかかった呪いを完全に祓《はら》うことはできなかったのだろう。

「次は何を演奏したらいいの？」

「………」

クロエは申し訳なさそうに小さい体を更に縮こまらせる。

「わからないんだね。ぼくが探してくればいい？」

クロエはおずおずと顔をあげてミシェルを見つめた。

「……クロエ、ミシェルに迷惑ばっかりかけてるの」

「……いまさらだね、それ」

自分のためでもあるんだから、とか、別に大したことじゃない、とか。

思い浮かんだ言葉はどれもうまく形にならなくて、ミシェルは思わず口ごもる。

なんとなく居たたまれなくなって、さっさと探索を始めようと踵《きびす》を返したとき、かさりとポケットの中で微かな音がした。

「あっ、それ！」

使用人部屋に閉じ込められたとき、真ん中だけ切り取ってきたクロエの絵だ。

ポケットから取り出した断片を見てクロエが声を上げた。

「これ、クロエの描いた絵なの。でも……」

クロエは微かに眉《まゆ》を下げ、どこか妙に大人びた微苦笑を浮かべる。

「ほんとはここに、お父様とお母様がいたけど……クロエ、ひとりぼっちになっちゃったのね」

「………その」

「どうかしたの？　ミシェル」

「また、描けばいいんだ。クロエが好きなだけ、好きなものを」

ミシェルの不器用な励ましに、クロエは驚いたように目をパチパチさせ、ニッコリと笑った。

「ありがとう、ミシェル！　じゃあ、そこで待ってて！」

クロエはステージの袖《そで》に置かれていた机から紙とクレヨンを見つけ、さっそく絵を描き始めた。それから描きあげた絵に、ミシェルが切り取った絵の断片をぺたりと貼り付ける。

——重ねられた二枚の紙の上で、金髪に青い瞳《ひとみ》の男の子と、黒髪に紫の瞳の女の子が笑っていた。

ふたりはしっかりと互いの手を握りしめている。

「……これ、ぼく？」

おそるおそる訊《たず》ねるミシェルに、クロエは満足げな笑顔でうなずく。

「そうよ！　これでもう、ひとりぼっちじゃないの！　ねっ、ミシェル？」

お守りにしてね、と手渡されたうまいとは言えない絵を見下ろして、困惑していたミシェルの胸に、じわりとあたたかいものが広がっていく。

——そうだ、もうひとりじゃない。クロエにはミシェルが、ミシェルにはクロエがいる。

このお守りのように、ふたりは最後まで決して互いの手を離さずに、揃ってこの館から出るのだ。

【間奏曲3】

二曲目『トロイメライ』の演奏が終わると同時に、『彼』は館を覆っていた呪いの一部が浄化されたのを肌で感じ取った。

――ミシェル・ダランベールを館に入れることを許したのは、失敗だったかもしれない。

稚拙で無価値な素人絵を間に、ひとりじゃないだの、お守りだのと、くだらない会話に終始している少年と少女を観察しながら『彼』はひそかに、そんな風に思い始めていた。

いい素材になるはずと思ったから、館に入るのを許したというのに、この少年のしたことと言えば、どれもこれも『彼』の創作活動を妨害するような真似ばかりだ。

そろそろ余計なことができないようにしようかと、あの狂った女の悪霊に引き合わせてやったのに、まさか無事に切り抜けてくるとは思わなかった。

(よくて正気を失うか、悪ければ命を落とすと思っていたのだが……)

ミシェルは目を潰されることも、ハサミで指を切り落とされることもなく、無傷で帰って来た。

(……よほど機転が利くのか、あるいはあれが無意識にミシェルを助けているのか?)

ありえない話だが、これは『彼』の最高傑作が完成するかどうかの瀬戸際だ。

『真の音楽家は、自分の芸術に服属しなくてはならない』

エリック・サティの言葉だが、『彼』にとっては唯一無二の行動規範である。

自分が持ちえるものはひとつ残らず芸術のために捧げてきた。

だから音楽の神は『彼』に至高の音楽を与え、天上の楽の音を紡ぎ出す才能を授けたのだ。

生涯最後の最高傑作を完成させるためには『彼』は手間を惜しんだりはしない。

その障害となるものは、本腰を入れて排除すべきだろう。

――天才少年ヴァイオリニスト、パリ音楽界の奇跡とまで謳《うた》われながら、すべて芸術に捧げることを怠ったがために『彼』に並び立つ存在にはなれなかったミシェル・ダランベール。

『彼』は冷静な分析者の目で、ミシェルを眺めた。

堕《お》ちた天才少年は無意識に伸ばした手で、目の前の少女の頭を撫《な》で、少女から不思議そうに見られてあわてて手を引っ込める。どうやら、この少年は目の前の少女に心を許し、彼女に好意を抱いているようだ。恋と呼ぶのもためらわれるような、純粋で美しい想い。

（……ならば、この愚かな少年に真実を教えてやるとしよう）

砂糖菓子のように脆《もろ》く儚《はかな》い憧憬《しょうけい》は、ほんの小さなきっかけを与えるだけで裏切られた怒りに変わり、生まれた怒りは新たな呪いの糧となる。

――うまく運べば夜明けまでにもう一曲、新しいメロディを生み出すことができるかもしれない。

自分のアイデアに『彼』は満足し、新たな創作活動のための準備に取り掛かった。

【第四楽章】

Chloe's Requiem

~infinito~

ミシェルは二曲目の演奏を終えると、階下の状況を確認するためにホールを出た。

二階に下りると同時に、午前三時の鐘が鳴る。

呪いが解けて浄化された大広間は明るく、怪異の影など微塵《みじん》も見当たらない。

しかし、大広間のグランドピアノは壊れたまま、各部屋に残っていた血痕《けっこん》も消えていなかった。

(少なくとも、この館で惨劇が起こったことは間違いなさそうだ)

赤錆《さ》びたハサミの刃が嚙《か》み合う瞬間の忌まわしい刃音が、まだ耳にこびりついている。

胸が悪くなるような気分を抑えて、ミシェルは再び三階にもどった。

さっきまでステージの上でピアノを弾いていたはずのクロエの姿が消えている。

(……また猫たちを探しに行ったのかな)

クロエの飼い猫たちは、気がつくと飼い主のもとを離れ、自由気ままに館の中をうろついている。

間違って危ない場所に入ってはいけないからとクロエが探しに行くのだが、連れもどして少し経つとまたいつの間にか忽然《こつぜん》と姿を消してしまう。

特にノワールは神出鬼没、どこにでも紛れ込み、とんでもないところから顔を出すので、ミシェルも探索中に何度かびっくりさせられたものだ。

ミシェルはステージの前に作られた観客席に腰を下ろし、どこから手をつけたものかと思案する。

おそらく呪いを解くには、この後も何曲か、楽譜を見つけて演奏しなければならないだろう。

そして次の楽譜は、この三階に隠されている可能性が高い。

三階は音楽ホールが広く作られているので、他の階よりも部屋数が少ない。

ここで演奏する音楽家のための楽屋、観客に料理を出すための厨房《ちゅうぼう》、そして最後が扉に月桂樹の冠のレリーフが彫られた部屋――おそらく館の主人であるクロエの父親の部屋だ。

（まずは鍵《かぎ》を探さないと……ん？）

すぐそばで猫の鳴き声が聞こえたような気がした。まわりを見回すが猫の姿は見当たらない。

ふと座席の下を覗《のぞ》くと、いつからそこにいたのか、ブランがうずくまっていた。

古傷だらけの前足の下に見たことのない真鍮《しんちゅう》の鍵を踏みしめている。

「……ノワールだけじゃなくて、おまえも協力してくれるのか？」

ブランはのっそりと立ち上がった。にゃあ、と低く鳴いて真鍮の鍵から前足をどける。

――ほんの一瞬、鍵を手に取るのをためらったのは、使用人部屋での出来事が頭をよぎったからだ。

この白猫を追いかけて入った部屋で、危うく命を落としかけてから、まだ一時間も経っていない。

あの部屋で見た凄惨《せいさん》な光景は、あざやかな恐怖と共にミシェルの記憶に残っている。

（……でも。こんなところで震えていたって、楽譜は見つからない）

ミシェルは自分を鼓舞するように手を伸ばし、床に落ちた鍵をつかむ。

月桂樹の冠を透かし彫りした鍵は錆び、緑青色にくすんでいた。

――階段を上がるたびに、ミシェルが遭遇する怪異は危険なものになっている気がする。

この先には、ギャラリーで襲ってきた白い少女や、血まみれのハサミを手にした死霊よりも恐ろしく危険な呪いの産物がミシェルを待ち受けているかもしれない。

(それでも)

ミシェルはクロエからもらった〝お守り〟を見つめた。

クロエの描いた絵の中では、金髪の少年と紫の瞳《ひとみ》の少女が並んで笑っている。

ふたりの手がつながれているのを見て、それまでしつこく居座っていた不安と恐怖がみるみる小さくしぼんでいくのがわかった。

「ぼくは約束したんだ。必ずクロエを館の外に連れて行くって」

ミシェルはぎゅっと鍵を握りしめ、三階の探索を開始した。

◆◆◆

『……ふ……ふふっ……』

ミシェルが去り、人の影が絶えた無人のホールに、低く、くぐもった男の含み笑いが響く。

だが、その声は誰の耳にも拾われることなく、やがて暗がりの中に溶けていった。

◆◆◆

ミシェルは第三の楽譜を求めて、クロエの父親の部屋の前に立った。

扉に彫られた月桂樹の冠は、おそらくアポロンが優れた詩人たちに与えたという逸話から選ばれたモチーフなのだろう。

ミシェルはブランが持ってきた錆びた鍵を使って、扉を開ける。

分厚い樫《かし》の扉を押し開いた瞬間、どろりと室内からあふれた異様な空気に触れて、思わずミシェルの頬が強張る。

――この部屋は今まで調べてきたどの部屋よりも闇が深い。

子ども部屋のときのように、まわりが見えないほど暗いわけではない。

使用人部屋のときのように、忌まわしいなにかが潜んでいるような気配もない。

ただ、染み付いた死のにおいが簡単には落とせないように、長い年月をかけて壁や天井に染みこんだよくないものが室内の空気をよどませ、じわじわと腐らせているような――

ミシェルはぶんぶんと頭を振って、不意に浮かんだネガティブなイメージを振り払う。

(あまり長居したいような場所じゃないな。さっさと調べて次の部屋へ行こう)

ミシェルは濁流に飛び込むように深く息を吸い込んでから、部屋に足を踏み入れる。

部屋に入ってすぐ、扉の前の床に赤黒い染みが広がっていた。

それを飛び越えて中に入り、くるりと振り返ると、扉の内側にもびしゃりと叩《たた》き付けたような血痕が残っている――どうやらここも惨劇の舞台になっていたようだ。

ミシェルはざっと部屋の中を見渡した。

室内は当主の部屋にふさわしい広々としたつくりだ。

ずらりと並んだキャビネットやサイドボードも飴色《あめいろ》に磨かれ、歴史と風格を感じさせる。

部屋の奥にはアップライトピアノが置かれていた。

ピアノの周囲には五線譜が散らばっていたが、どれも書きかけだ。

そこにはミシェルが聞いたことのない、しかし妙に心に残る独特のフレーズが綴《つづ》られている。

書棚に並べられた書物はどれも音楽関係の研究書や評伝、その隣のキャビネットにはメトロノームや楽器の部品、指揮棒などが収められている。

自分の屋敷に本格的なコンサートホールを作るほどだから、こだわりがあるとは思っていたが、曲を書いているということは、クロエの父親も音楽に携わる人間なのかもしれない。

ミシェルは続けて部屋の奥にあるキャビネットを開け、そこに並んだ道具類を見て首をかしげた。

棚には見慣れない奇妙な道具ばかりが並んでいる。

これも音楽に使う道具なのだろうか。少なくともコンサートでは見たことのないものだ。

調べようかとも思ったが、なぜか手に取ることがためらわれて、ミシェルは黙って戸を閉める。

目に付く場所は調べ終え、ぐるりと部屋の中を一周して、ミシェルはベッドの前に立った。

部屋に入ってすぐの場所に置かれていたベッドは、めちゃくちゃに破壊されている。

引き裂かれたシーツには大量の血が飛び散り、絨毯《じゅうたん》の上まで広がっていた。

凄惨な光景から目を背けたとき、それまで気づかなかったものがミシェルの視界に飛び込んできた。

――枕元に置かれたテーブルの上に古びたアルバムが積まれている。

布張りの表紙には癖の強い文字で『愛しい娘の成長記録』と書かれていた。

ミシェルはアルバムを手に取り、ページをめくって、そのまま動きを止めた。

自分の目に映ったものを脳が理解することを拒否したのだ。

――アルバムには、クロエに似た少女が写っている。

衣服を剝《は》ぎ取られ、アザだらけの肌を隠すように抱きしめて震えている少女。

怯《おび》えた眼差《まなざ》しでこちらを見上げている少女。

犬のように首輪をつけられて床の上を引きずり回されている少女。

(アルバムを閉じろ……！)

頭の中で理性が絶叫している。それでもミシェルはページをめくる手を止められない。

体を不自然な形にたわめられて苦痛に喘《あえ》いでいる少女。

戸棚の中に並べられていた見慣れない道具で責め苛《さいな》まれている少女。

壊れた人形のように力なくベッドの上に身を投げ出している少女。

肉の薄い背中にナイフで刻まれた無惨な傷跡をさらして床に伏せている少女。

次のページも、そのまた次のページも、すべて同じ少女の――クロエの写真がページを埋めている。

そこに収められていたのは、クロエと彼女の父親の、人の道からはずれた行為の記録だった。

ぐるぐると煮えたぎった思考が渦巻く頭の中で、ミシェルはやけに冷静に思い出す。

(クロエの母親が心を病んだのは、これが原因だったのか)

愛する夫が自分以外の女に心を奪われた。よりにもよってクロエに――まだ幼い実の娘に。

視界がじわじわと真っ赤な血の色に染まっていくにつれ、アルバムを閉じろ、この部屋を出ろと叫ぶ理性の声は小さくなっていく。

やがて被写体の顔すら判別できなくなったとき、ようやくページをめくり続けていた手が止まる。

ミシェルはアルバムに冷ややかな侮蔑《ぶべつ》の眼差しを向け、ぼそりと低く吐き捨てた。

「……汚らわしい」

視界に入るすべてのものが汚らわしく、おぞましいものに感じられる。

(――そうだ、この世界はどこもかしこも汚らわしくて、忌まわしいものであふれていたんだった)

この館に来てから奇妙なことばかり続いていたから忘れていた。

だからミシェルは自分の家を飛び出し、この場所にたどり着いたというのに。

――にゃあ。

振り返ると、写真の中でクロエを責め苛むために使用されていた道具を収めたキャビネットの前で、傷だらけの白猫がミシェルを見上げていた。

猫は笑わない。けれども白猫の顔には確かに、ニヤニヤと面白がるような笑みが浮かんで見える。

(……笑ってる)

白猫がキャビネットに飛び乗ると、棚の上に載せられていたものが床に落ちる。

重い音を立ててミシェルの目の前に転がってきたものは、古い金属製のハンマーだった。

「…………」

ミシェルはのろのろとハンマーを拾い上げ、汚らわしい道具を収めたキャビネットに振り下ろす。

精緻《せいち》な細工を施した棚は、中に収められた道具と共に破壊され、破片を撒《ま》き散らして倒れた。

（汚らわしい、汚らわしい、汚らわしい、汚らわしいっ……！）

ミシェルは狂ったようにハンマーを振り回し、目に入るものを次々と破壊する。

なにかを壊すたびに胸をふさぐ苦しさは薄れるが、同時にミシェルの意識は混濁していく。

荒れ狂う破壊衝動に身を任せ、意識を手放しかけていたとき、耳をつんざくような猫の声が響いた。

ミシェルは手を止め、視線を落とす。

足元には毛を逆立て、尾を膨らませた小さな黒猫が、必死な声で鳴いている。

――そういえば、この部屋の、鍵は、猫が、持ってきたんだっけ？

混濁した意識の中に、ノワールが鍵を咥《くわ》えてきた場面がフラッシュバックする。

再び怒りがこみあげてきて、ミシェルはぐっとハンマーを握り直した。

「……おまえが、おまえが鍵なんか持ってきたせいで、ぼくは、あんなものを見てしまったんだ」

ミシェルは力任せにハンマーをノワールの頭をめがけて振り下ろす。

ノワールはギリギリで飛びのいて、くるりと身をひるがえし、一目散に扉に向かって駆け出した。

「待て！　殺す、殺してやるっ……‼」

真っ赤に染まった視界の中、ミシェルはノワールを追って部屋から飛び出す。

ノワールは全力で走ったかと思うと、ミシェルがついてきているかどうか確認するように足を止め、ハンマーをかわして、また逃げる。

逃げるノワールを追ってミシェルは階段を駆け下り、開け放たれたままの扉をくぐった。

──クロエの部屋だ。

暖炉の火が消えて薄暗い部屋の中には、もう音楽も流れていない。

そう気づいた途端に胸が締め付けられるように痛み、頭はガンガンと鳴り始める。

(汚らわしい、汚らわしい、汚らわしい)

まぶたの裏に焼きついていたはずだった無邪気な笑顔にも、無条件の信頼をこめて見上げてくる顔にも、今はべったりと黒い染みが広がっていて、ミシェルには思い出すこともできない。

ノワールは必死さのにじむ声で、にゃーにゃーと鳴いている。

(まるで、なにかを訴えているみたいだ)

ふと頭に浮かんだ思考はすぐに怒りと狂気に呑《の》み込まれ、ミシェルはハンマーを握って、ノワールを部屋の奥へと追い詰めていく。

ノワールが部屋の奥にあった小さな本棚に飛び乗り、にゃー！　と鳴いた。

ミシェルは今度こそノワールを叩き潰《つぶ》そうと、思いっきりハンマーを振り下ろした。

ノワールは頭蓋《ずがい》を砕かれる寸前に本棚から飛び降り、背の低い本棚は粉々に打ち砕かれる。

「このっ……！」

すぐにノワールを追いかけようとして、ミシェルは足を止める。

壊れた本棚の残骸の中で、なにかが光っているのに気づいたからだ。

——明かりの落ちた部屋の中、微《かす》かに輝きを帯びていたのは小さな日記帳だった。

きっと本棚の奥に隠されていたのだろう。

ミシェルは無意識に本棚の残骸をどけて手を伸ばし、日記帳を手に取った。

表紙に触れると同時に、目がくらむような光がミシェルの目を焼き、床を踏む感覚が消える。

◆◆◆

——再び目を開けたとき、ミシェルの視界に飛び込んできたのは見覚えのある光景だった。

前に〝ともだち〟にクロエの絵を届けたときに見せてもらった、この部屋の過去の風景だ。

ミシェルは再び子ども部屋を見下ろす格好で宙に浮かんでいる。

「…………………」

見下ろした視界の中では今よりも幼いクロエが生真面目な顔で日記をつけていた。

幼い顔には微かな怯えの色がにじんでいる。

不安そうに背後を振り返り、それから日記に向かう。

『×月×日　くもり
最近、誰かが私を見てる。

どこかに行く時もついてくる。

……気持ち悪い』

視界が暗転し、眼下の風景も変わる。

クロエが笑っている。なんの屈託もない幸せそうな笑顔だ。

腕に抱いているのは橙色《だいだいいろ》のリボンをつけたテディベア。メイドに遊んでもらっているようだ。

「……あのね、これ、あげるの！」

クロエが宝箱から取り出したリボンをメイドに差し出した。

「これね、クロエが大好きなくまちゃんとおそろいなの！」

「そんな大切なもの、わたしがいただいてもよろしいんですか？」

びっくりしたように聞き返すメイドの顔に見覚えがあった。

使用人部屋で見た、クロエの母親がテディベアを引き裂いている現場を目撃して殺されたメイドだ。

戸惑うメイドにクロエは恥ずかしそうに頬を染めてうなずく。

「いつもクロエに優しくしてくれるから……だから、もらってほしいの」

メイドはパチパチと目を瞬かせ、それから大事そうに受け取ったリボンを襟元につけた。

『×月×日　はれ
今日はお父様とお母様がお出かけの日。

メイドのロさんと遊んだ。

ロさんはとってもやさしいから好き』

視界が暗転する。次に見えたのは子ども部屋ではなく、魔女の部屋——クロエの母親の部屋だった。

母親は窓際の椅子に座って酒を飲んでいる。

苦いものを酒で流し込んでしまおうとするような、とても無茶な飲み方だ。

部屋の外から軽やかな足音が聞こえて、控えめなノックの後、クロエが姿を現す。

「お母様」

娘の呼びかけに、母親は微かに肩を揺らしたが、振り返ろうとしなかった。

「……お母様？」

聞こえなかったのかしら、といぶかしむように、クロエが母親に近づく。

母親はグラスを投げ捨てて直に酒瓶を煽《あお》り、クロエの呼びかけを無視し続けている。

「おか……」

三度目の呼びかけで、ようやく母親は娘の顔を見た。

どろりと酔いにとろけた瞳に嫌悪と憎悪の色を浮かべて、忌々しそうに顔を背ける。

クロエは母親に触れようとした手を引っ込め、泣きそうになるのをこらえて、部屋を出て行く。

『×月×日　くもり
最近、お母様がお返事をしてくれない。
一人でずっとお部屋に閉じこもってる。
私を見ると、嫌なお顔をするようになった』

ゆっくりと眼下の光景が暗転し、闇の中に雨音が響いてきた。

『×月×日　あめ

お父様に呼ばれた。

…………………嫌。嫌。嫌。

……写真が大嫌いになった』

『×月×日　あめ
□さんがとつぜんやめちゃった。
お母様が□さんは結婚するんだって言ってた。

幸せになってほしいけど、さみしい』

目を背けたくなるようなむごい光景が、次々と通り過ぎた。

母親の部屋から無惨なメイドの遺体が運び出され、闇の中に消えていく。

殺してしまったメイドの遺体を始末して、結婚するために辞めたということにしたのだろう。

——クロエの父親は、これを知っていたのだろうか？　ミシェルにはわからない。

確かなことは、クロエは大好きだった優しいメイドに二度と会えなくなってしまったことだけだ。

『×月×日　あめ
お父様がまた私を呼んだ。
メイドさんがまたやめた。
もういや。もういや。もういや』

『×月×日　くもり
館がずいぶん静かになった。
メイドさんがみんなやめちゃったから。
私とお話ししてくれる人はもういない』

『×月×日　あめ
私のお洋服がずたずたになってる。
お父様に買ってもらった、一番お気に入りのお洋服が。
……ひどい』

『×月×日　かみなり
お母様が私の服を切ったんだって。
私のことが嫌いだから、だって。
お父様に好かれてる私が嫌いだから』

『×月×日　あめ
……どうして。
どうしてこんなことに。
私が何をしたっていうの。

私はお母様に好かれたかった。

お父様にあんな風に好かれたくなかった。

お母様に好かれたかったのに』

血を吐くようなクロエの悲鳴は両親の耳には届かない。

父親は淡々とクロエを虐待し続け、母親は実の娘に対する嫉妬《しっと》と憎悪で狂っていく。

視界が闇に溶け、再び眼下に子ども部屋の風景がもどってくる。

クロエはベッドの上にいた。

背中を丸くして、包帯に覆われた小さな塊を胸に抱きしめている。

虚《うつ》ろな紫の目からは涙がこぼれ、ぽたぽたと血のにじんだ包帯を濡《ぬ》らしていた。

ブランは子ども部屋の扉の前に立ち、じっとその光景を見つめている。

――どこか呆然《ぼうぜん》としているように見えたのは、ミシェルの勝手な思い込みかもしれない。

『×月×日　あめ
猫ちゃんが死んじゃった。
昨日もおとといも、ごはんを全然たべなくて。
また、お友達が減っちゃった』

『×月×日
つらい。つらい。つらい。

もういや。もういや。もういや。
たすけて』

『×月×日
こわい。こわい。こわい。こわい。
お父様がこわい。なぐられるのはいや。
憎い。あの人さえいなければ――』

バチッと指先で火花が弾けるような痛みと共に、ミシェルは現実にもどってきた。
足元には壊れた本棚が、手の中には表紙の擦り切れた日記帳がある。
ミシェルは何度か瞬きをしてから、日記のページをめくった。

『×月×日
お父様に呼ばれた。
………最近、記憶のない日がある。
知らないうちにものが壊れてる』

『×月×日
きっと私はおかしいの。
人を殺したいと思うなんて。

頭がおかしくなっちゃったのね』

『×月×日
お父様がいつも繰り返している言葉。
強い憎しみが呪いになって、自我をもつというのが本当なら。
……私の中にあるのはもう、呪いなのかもしれないわ』

『×月×日
また お父様が…………』

日記に綴られているのは、幼い少女が孤独と絶望に追い詰められていく過程だ。

助けは来なかった。彼女の味方になってくれる人間は誰もいなかった。

心の支えになってくれた存在は次々と彼女の前から消えてゆき、クロエは孤独になっていく。

だからクロエはあふれる憎悪と絶望を自分で抱え込み、心の中でそれを育て続けるしかなかった。

日記の最後のページには、いくつも涙がにじんだ乱れた文字で、こう書かれていた。


『私は人間。誰かのお人形じゃない。ペットでもない。

そう思いたいのに。みんな、そう思ってくれない。

お父様も。お母様も。みんなみんな』

『彼なら、助けてくれるかしら。あの日みたいに』

『会いたい』

『逃げたい』

『誰か』

『…………………たすけて』


目の縁にたまっていた涙の粒がぽたりと日記の上にこぼれた。

あわてて袖《そで》で目許《めもと》を拭《ぬぐ》ったが、涙は後から後からあふれて止まらず、ミシェルの頬を濡らす。

「……クロエ」

震える声で名前を呼ぶと、また涙があふれた。ミシェルは涙を拭うのを諦《あきら》め、静かに天井を仰ぐ。

「……最低だな、ぼくは」

ミシェルの脳裏に、無条件の信頼をこめて自分を見上げてくるクロエの顔が思い浮かぶ。

「……きみがあんまり純粋に、一途にぼくを信じてくれるから、裏表もない愛情を示してくれるから、いつの間にか、仔猫《こねこ》のクロエが帰って来てくれたような気がしてたんだ……」

ミシェルの過失で永遠に失われることになった小さな仔猫が、人間に姿を変えてもどってきたような幸福な夢を見ていた。

「……人間のクロエを助けられれば、ぼくのクロエを……仔猫のクロエを守ってあげられなかった罪が許されるような気がして……今度こそ絶対に助けてやるんだって、思って……」

クロエたちを勝手に同一視するのが、どちらのクロエにとっても酷《ひど》いことなのだと気づかなかった。

ばさりと日記を床に落としてミシェルはその場にしゃがみこみ、自分の膝《ひざ》に額を押し付ける。

「……わかってたのに……クロエは人間だ。そうだ、……ちがうんだ」

クロエの表情、仕草、彼女の言葉、無条件の信頼がまぶたの裏に浮かんだ。

（……大丈夫、ちゃんと思い出せる）

ミシェルはぎこちない手つきでノワールの頭を撫《な》でてから、そっと呼びかける。

「もう一度、アレを見なきゃ。……ノワール、おまえもいっしょに来てくれるかい？」

ノワールは当然だと請け合うように高い声で鳴いた。

◆◆◆

ミシェルはノワールを連れて、再び月桂樹の冠が彫られた扉の前に立った。

もう一度、怒りや衝動に流されず、この部屋で見つけたおぞましい事実と向き合うためだ。

緊張に汗ばんだ手で扉を押し開くと、よどんだ空気があふれてきた。

ミシェルはノワールを連れて、ベッドサイドに置かれたテーブルに歩み寄る。

テーブルの上には『愛しい娘の成長記録』と書かれたアルバムが、ミシェルが出て行ったときのまま放り出されていた。

ミシェルはもう一度、クロエの写真が収められたアルバムを手に取り、ページをめくる。

「……クロエ……」

Diary

目を背けたくなるような写真の数々を見ても、初めてアルバムを開いたときの、胸が焼け付くような怒りは感じない。ただクロエが味わった絶望や痛みを思うと胸が苦しかった。

ふと足元のノワールが心配そうに自分を見上げているのに気づいて、ミシェルはぎこちなく笑う。

「大丈夫だよ。もう、知ってるから」

地獄のような日々の中で、クロエが望んでいたことを、その想いを知っている。

だからミシェルは途中で耐え切れずにアルバムを投げ出すことも、目を逸《そ》らすこともなく、最後までアルバムに目を通すことができた。

「……あれ？」

最後のページをめくったとき、そこに挟まっていた写真がひらりとテーブルの上に落ちる。

それは、幼いクロエとまだ若い頃の両親が並んで写る、ごくごく平凡な家族写真だった。

幼い娘に頬を寄せる母親と、くすぐったそうに笑うクロエ。

ありふれて、平凡で、それでいてかけがえのない、完璧《かんぺき》な幸福の形がそこにはあった。

「……笑ってる」

『……そのころが、御家族が一番お幸せな時期だったんだと思います』

すぐそばで聞こえた幽《かす》かな囁《ささや》きに、ミシェルは物思いから覚めた。

いつの間にか、テーブルを挟んで目の前に、古風なメイドのお仕着せを来た女性が立っている。

思わず顔をあげようとしたミシェルを血で濡れた右手で押しとどめ、メイドは囁く。

『……誠に申し訳ございません。わたし、今、とても見苦しい姿をしておりますので、どうかそのままお聞きくださいませ……』

切実な響きに、ミシェルは家族写真に視線を落としたまま、相手の様子を窺《うかが》った。

メイドの顔は見えないが、青白い首筋には流血の跡が幾筋も伝い、お仕着せの襟元を飾るあざやかな橙色のリボンが、飛び散った血しぶきでまだらに汚れている。

——どうやら彼女は女主人にハサミで両目をえぐられ、息絶えた当時の姿で現れたらしい。

『……私は、このような姿になってしまってからも、クロエお嬢様のことが心配で、ずっと、おそばで見守っておりました』

「クロエは知っているのか？」

『いいえ……このような姿をお見せして、お嬢様を悲しませたくはありません』

ほろ苦い微笑を浮かべて、メイドは静かに首を振る。

『この屋敷を蝕《むしば》んでいる呪いは、今もじわじわと力を増しております。クロエお嬢様は強くなりすぎた呪いを制御できずに、少しずつ命をすり減らしておられる……このまま呪いが解けなければ、お嬢様はいずれ身も心も呪いに喰《く》らい尽くされ、ほどなく命を落としてしまわれるでしょう』

ぽたぽたとテーブルの上に水滴が落ちるのを見て、ミシェルはゆっくりと顔をあげた。

——メイドが泣いている。ぽっかりと空いた眼窩《がんか》からこぼれる大粒の涙が、血に汚れた頬を流れる。

「クロエが……日記できみのことを書いてた。優しいから大好きだって」

メイドはミシェルの言葉に微笑もうとして失敗し、また新しい涙をこぼす。

『……本当にお優しいのはクロエお嬢様です。使用人にも親切で、ご両親には内緒で死に掛けた動物を拾ってきては看病して……そんなクロエお嬢様が呪いのせいとはいえ、あんな、むごい……』

メイドは血に濡れた両手を胸の前で組み、震える声で懇願する。

『……ミシェル・ダランベール様、どうかクロエお嬢様を呪いからお救いください。お嬢様に、どうかあのころの笑顔を取りもどしてさしあげてください。私には、もう、見守ることしかできません……』

「……うん。きっと、必ず」

胸が詰まって、それしか口にすることはできなかったけれど、メイドは短い返事にこめられた想いの強さを感じ取ったのか、ほっとしたように笑った。

『どうか、これをお持ちください。あなたのその腕で、きっと、お嬢様を解放なさってくださ い……』

ぱさりと乾いた音がして、テーブルの前に白い紙片が現れた。

パガニーニが書いた二十四の奇想曲のラストを飾る曲『カプリース第二十四番』の楽譜だ。

『……どうか、クロエお嬢様のこと、くれぐれもよろしくお願いいたします……』

メイドが深々と頭を下げるのと同時に、その姿はすうっと薄れて闇にまぎれてしまう。

ミシェルの前には、床に落ちた白いテディベアだけが残された。

ミシェルは楽譜をしまうと、あざやかな橙色のリボンをつけたテディベアを拾いあげる。

過去の光景で魔女のハサミにずたずたに引き裂かれたはずなのに、今現在、ミシェルの手の中にあるテディベアには、不思議なことに傷ひとつ残っていない。

最後にもう一度だけ、ミシェルはアルバムに挟まっていたクロエの家族写真を見直す。

正義の味方や騎士を気取るつもりはない。

——ただ、ミシェルはこんなふうに笑うクロエを、自分の目で見たいと思った。

（そのために、ぼくができることがあるなら、なんでもする）

ただ自分の心の中だけで決意して、ミシェルは自分の足元に視線を落とす。

ちょこんとミシェルの足元に寄り添いながら、彼の言葉を待っていた黒猫と視線がぶつかった。

「行こう、ノワール。クロエがおまえを探しているかもしれない」

にゃあ。と、どこかうれしそうな鳴き声が返ってきた。

【間奏曲4】

明かりを落とした厨房に、朗らかな歌声が流れていた。

陽気なメロディは『かわいいひばりさん』——幼い子どものための遊び歌だ。

古風なお仕着せをまとった背の高いメイドは、注意深く火加減を調整しながら鍋をかき回す。

途中でふと手を止めて、頭に浮かんだメニューを書きとめようと、傍らのメモの上に身をかがめた。

しかし、かがんだ拍子に切り裂かれた咽喉《のど》からぼたぼたぼたっと血がこぼれ落ちてしまう。

『……ああ、大急ぎで晩餐会のメニューを作らなければいけないというのに……』

Aは判別不能になったメモを見てため息をつき、新しい紙を用意する。

かつて声楽家を目指したこともあり、歌を何より愛するAとしては、首を掻《か》き切られて死んでからも、生前と同じように歌えるのはありがたい。

が、この流れても流れても止まらない血だけはどうにかできないものだろうか。

旦那《だんな》様から命じられた役目に支障が出ては、一大事だ。

——Aは、この館の奥方であるアルデンヌ夫人によって殺害されたメイドのひとりだ。

使用人たちが自分の罪を、恥を、覗き見て笑っているという妄想に取り憑《つ》かれたアルデンヌ夫人は、昔は娘に人形を作ってやるために使っていた裁ちバサミで、次々と屋敷のメイドたちを手にかけた。

　生前は自分が殺された理由がわからなかったAだが、もしも事前に奥方がメイドを殺していることに気づいていたとしても、絶対に館から逃げ出したりはしなかっただろう。

　何故ならば、Aは館の主人である天才作曲家、アラン・アルデンヌの熱狂的な信奉者であり、秘密の愛人でもあり、なによりも彼の芸術の一番の理解者であると自負しているからだ。

　Aはアランの芸術のために、なにもかも捧げて来た。身も、心も、親から受け継いだ資産も、そしてずっと幼いころから姉妹のように育ってきた親友さえ見殺しにした。

　やがて親友が呪いによって、悲嘆と絶望の中で息絶えたと知ったときは、彼女に殉じて死のうとすら思ったが、アランが彼女の死を対価に生み出した楽曲を聴いて、Aの世界は変わってしまった。

（あの子は不完全な肉体の殻を脱ぎ捨て、美しい音楽そのものに生まれ変わった）

（アラン・アルデンヌという天才の手で、永遠の命を与えられたんだ……！）

　そのときから、Aはアランの忠実な奴隷となり、彼の創作活動を助けることに身を捧げて来た。

　――客観的に見れば、Aはアランにとって都合のいい生きた道具のひとつに過ぎない。

　アランの楽曲に触れて人生観が変わった人間などいくらでもいる。

　彼らはアランの言葉を神の言葉と聞き、アランの望みを叶《かな》えるためならどんなことでもしてのけた。

　アランから託された遺言に従って、アルデンヌ家で起きた事件の捜査を打ち切るようにパリ警視庁に圧力をかけたり、事件について報じる記者たちを金の力で黙らせるようなことでさえ。

Ａは皿の上に絵を描くようにソースをかけて、満足そうに皿を見下ろす。

ワインと血の色合いが美しい一皿だ。

ここに緑色が入れば映えるだろうと思いつき、中庭へ皿を飾る葉を取りに行こうとして、Ａは不意に表情を曇らせた。

館の一階と二階を覆っていた呪いが、浄化されてしまったことを思い出したからだ。

『……困ったな。私では下の階には下りられない』

呪いが消えた場所では、Ａのように力の弱い亡霊は存在を保つことができない。

生きた肉体に入り込めば可能だが、この屋敷にいるのは、暴走した呪いが生み出した過去の幻影と、呪いの力で館に囚《とら》われてしまった死者の霊ばかりだ。ここには生きた人間など――

『……いや、まだふたり、残っていたか』

クロエとミシェル。

しかし、彼らはアランの大事な〝素材〟だ。Ａの器には使えない。

仕方なく追加で緑色のソースも作ることにして、Ａは新しい鍋を火にかける。

――それにしても、呪いに支配された部屋が少なくなっているのは気がかりだった。

アランの最高傑作を完成させるためには、館が呪いで完全に覆い尽くされている状況が最適であり、この館の中を呪いの糧となる憎悪と悲嘆と絶望で満たしておく必要がある。

作品の質を高めるためには、良質な悲劇が欠かせないのだ。

『……浮かない顔をしているようだが、なにか問題でも起きたのか』

『旦那様……!?』

陰気な低い声の呼びかけに、Ａは狂喜して冷たい石の床に跪《ひざまず》いた。

『いいえ、旦那様がお気にかけるようなことはなにもございません。ところで……どうして旦那様が、このような場所へ？』

『明朝には私の最高傑作が完成する。それをおまえに知らせに来たのだ』

『ついに……ついに完成する日が来たのですね！』

『ああ。私が創り出した〝クロエのレクイエム〟の旋律は、この館から出て、この国のすべての人々の魂を揺さぶり、やがて世界中に広がっていくだろう』

アランが淡々と語る未来図に、Aは恍惚《こうこつ》と身を震わせる。

間もなく、すべての人々が至高の音楽に触れ、新しい世界を目にすることになるのだ。

『旦那様！　私にも旦那様の創作活動のために、なにか協力できることはございませんでしょうか？　ほんの少しでもいいから旦那様のお役に立ちたいのです……！』

忠実な奴隷の訴えに、アランは満足げに咽喉を鳴らした。

それから平伏するAの耳元で、そっと耳打ちする。

Aはきょとんとしたように主人の顔を見つめ、おそるおそる聞き返す。

『……あの……そんなつまらないことで、よろしいのですか？』

『ああ、どうしても必要だ』

『それが旦那様のご命令とあらば、微力を尽くさせていただきます』

アランは満足そうな笑みを浮かべて、音もなく厨房を出て行く。

Aはテーブルの上に置かれたメニューを眺めて、うっとりとため息を漏らす。

『ああ、ようやくこの特別メニューを食べていただける、どんなにこの日を待ちわびたことか……！』

白く滑らかな紙の上に、Aは愛するアランのために考案した晩餐会のメニューを、流麗な飾り文字で綴っていく。

『……オードブルには指と歯を使いましょう、サラダにはあのやわらかな髪を』

『スープは大腿骨《だいたいこつ》を煮るのがいいかしら。美しい紫の瞳はマリネに……きっと白いお皿に映える』

『血は大切に集めてシャーベットに。心臓はメインディッシュ、肝臓はチーズの代わりに燻製《くんせい》に……』

そしてフルコースの一番最後には、クロエの涙と血液のブレンドティーを用意しようとAは思った。

最愛の娘の血肉を使った特別なごちそう、旦那様はきっと喜んでくださるに違いない。

——朝が来れば、クロエ・アルデンヌという人間は、この世界から完全に消えてしまうのだから。

【第五楽章】

Chloe's Requiem

~infinito~

三番目の楽譜を手に入れて、ミシェルはヴァイオリンを手にホールのステージに上がった。

メイドの霊から託された楽譜『カプリース第二十四番』はヴァイオリン独奏曲だ。

ヴァイオリン用に書かれた楽譜なので、今回はミシェルがひとりで演奏することになる。

クロエはノワールを抱えて観客席に収まり、目をキラキラさせながら演奏が始まるのを待っていた。

(……なんだか懐かしいな)

ミシェルはすっと背筋を伸ばし、ヴァイオリンを構えた。

楽譜の指示に従って、弾き始めから最高速度《クワジ・プレスト》の弓の動きが複雑な旋律を紡ぎ出す。

観客席のクロエとノワールが、そろって目を丸くして聞き入っているのを見て、ミシェルの口元には自然と笑みが浮かんだ。

この曲を作ったパガニーニは、自らも超絶技巧の天才ヴァイオリニストとして有名だった。

ほんの短い楽曲の中に、ありとあらゆる技巧を駆使しなければ演奏できないフレーズが詰め込まれたこの曲は、演奏家たちの間でも難曲として知られている。

ミシェルの弟も昔、この『二十四番』がお気に入りだった。

『……ミシェル、なあ、ミシェル!』

主題から変奏部へ、がらりと趣を変えるメロディに、いつか聞いた弟の声が重なる。

『お前、本当にすごいよ！……あははは っ！　ぼくも負けてらんないな！』

母親譲りの優しい緑の瞳《ひとみ》、春の日差しを紡いだような明るい金の髪。

ミシェルが不機嫌に黙りこくっているときも、彼は陽気な笑顔を忘れなかった。

同じ日に生まれ、同じ場所で育ち、ずっと一緒にいられるはずだと信じて疑わなかった、ミシェルの大切な片割れだ。

『お前がヴァイオリン、ぼくがピアノ。一緒にたくさん演奏しよう！』

『そうしたらきっと……とても楽しいだろうね！』

弟の声と思い出の楽曲に導かれて、ミシェルは遠い記憶の中に帰ってゆく。

それは懐かしく、同時に、激しい痛みを伴う過去の記憶をよみがえらせることでもあった。

◆◆◆

子ども時代のミシェルにとって、音楽は亡き母と過ごした幸福な記憶に繋《つな》がるものだった。

母は幼い子どもたちを心の底から愛し、慈しんでくれた。この世には美しい音があふれていることを教え、ミシェルが望めば自分の力で美しい音を作れるように手段を与えた。

子どもたちの遊び道具として、音楽を選んだのは在りし日の母だ。

彼女にはかわいい息子たちに英才教育をほどこしたつもりなど一切なかった。

ただ純粋に、自分が愛する音楽を息子たちと分かち合って楽しむことを望んだ。

ミシェルたちの演奏で金を稼ごうと思いついたのは父親だった。

病弱だった母の死後、ダランベール家は父親の浪費癖と放蕩《ほうとう》生活が原因で、傾きかけていたのだ。

――子ども時代のミシェルにとって、音楽は幸福をもたらしてくれるものだった。

けれど今のミシェルにとって音楽は、退屈な苦行を強いる足かせに等しい。

「……十一歳の子供が、この演奏を……この目で見ても信じられないな……」

「パガニーニなぞ、私でも弾けないというのに、こんな子供が……」

「……まさに天才だな。大したものだ……」

ヴァイオリンの音色の隙間《すきま》を縫って届く聴衆の賛辞に、ミシェルはうんざりしながら目を開ける。

ステージの上から眺めた客席は、ほぼ満員だった。

高いチケットを買ってダランベール兄弟の演奏を聴きに来るのは、人生に余裕のある暇人だけだ。

（……ああ、早く家に帰りたい）

望まない舞台にあがるたびに、音楽に対する情熱が目減りしていくような気がする。

ミシェルはただ曲を終わらせることだけに意識を集中した。

◆◆◆

どうにか演奏を終えて、ステージから降りたミシェルだったが、急いで帰りの馬車に乗り込む前に、ロビーで待ち受けていた今夜の観客に捕まってしまった。

「ミシェルの演奏の後だと、他の奏者のヴァイオリンが安っぽく聞こえてしまって困るわね」

「来週、私の家で夜会があるの。是非ともヴァイオリンを弾いてほしくて……」

「あなたは天才よ！　ミシェル・ダランベールの演奏は、まさに芸術の神の賜物《たまもの》だわ！」

惜しみなく浴びせられる賞賛の声に、ミシェルの頭は締め付けられるように痛んだ。

ミシェルには自分を取り囲んで口々に勝手なことをしゃべくる彼女たちの見分けがつかない。

流行の服装に流行の髪形、同じような化粧をして、同じようなしゃべり方をして、同じように笑う。薄っぺらな紙人形のように見える。

彼女たちが身にまとっている甘ったるい香水のにおいや、ミシェルを見る熱っぽい視線も嫌だ。

ミシェルは、世間から閣下と呼ばれる連中が垂れ流す高尚な音楽論も、決して好きではなかったが、あれは少なくともべたついていないだけマシだと思う。

「……それにしても、ミシェルの伴奏はいつも弟のピエールなのね。たまには気分を変えて、他の人と演奏してみてはどうかしら？」

ミシェルはぴくりと眉《まゆ》を動かした。

「……弟以外の伴奏者は求めていません」

「そう言わずに、もっと色々な人と演奏してみたらいいじゃないの。世界が広がるし……」

「まあステキね！　最近、リストの弟子だったというピアニストと知り合ったばかりで……」

「だったら私もミシェルと弾いてみたいわ！　どうかしら、今度、私のサロンに……」

「あら、抜け駆けはダメよ！」

「そうよそうよ、ピエール程度の腕前でよければ、別に私が伴奏したって……」

「いやあね、いくら本当のことでも言い方があるでしょう？」

くすくすと笑いさんざめく声にあわせて、紙人形の群れが風に吹かれたように揺れる。

――こんな連中にピエールを侮辱される筋合いはない。

ミシェルはこみあげる吐き気を堪え、薄っぺらな紙人形の群れを睨《にら》みつける。

父親は『絶対に観客の機嫌を損ねるな』と繰り返し言っていた。

もしもミシェルが間違って彼らを怒らせれば、パリでは演奏会に招かれなくなり、父親は稼ぎの口を減らすことになるかもしれないからだ。

（……演奏会に招かれなくなる？　こんな苦行ばかりの毎日から解放されるなら大歓迎だ！）

ミシェルが我慢を放棄し、目の前でぺらぺらと揺れている紙人形の群れに、こみあげてきた吐き気と不満をまとめてぶちまけてやろうとした瞬間、

「――申し訳ありません、御婦人方。そろそろぼくの兄を返していただいても構いませんか？明日の演奏会では新しい曲を弾くので、今晩中に兄と合わせておきたいんです」

さらりと割り込んできたのはミシェルの双子の弟、ピエール・ダランベールだった。

ピエールはミシェルの肩に手を置いて、さりげなく兄を庇《かば》う位置に立つ。

――二卵性とはいえ同じ日に生まれた双子の弟なのに、兄であるミシェルよりも少し背が高いのが、ピエールの唯一の欠点だというのが、ミシェルが常々思っていることだ。

つい先ほどまで馬鹿にしていた本人を目の前にして、紙人形の大半は居心地悪そうに押し黙った。

群れのうちでも特に性質の悪い数人が、次々とピエールに話しかけるが、ピエールは年上の女たちを相手に笑顔を絶やさず、けれども一歩も退《ひ》かずに対応する。

「お久しぶりです。先月の演奏会でリクエストしていただいた曲、やっと弾きこなせるようになりました」

「……二週間後の晩餐会にお招きいただいてますよね。あなたの好きなショパンの曲、ミシェルと二人で練習しているところですよ」

「……ええ、覚えてます。一昨年、フェーブル伯爵の夜会でお会いしましたね。あの日の白いドレスもステキでしたが、今日の若葉色のドレスは、あなたの目の色によく合っていますよ」

屈託のない笑顔と朗らかでよく通る声に、双子を取り囲んでいた貴婦人たちはあっさりと転がされ、ピエールは、その鮮やかな手際を半ば呆《あき》れて見ていたミシェルを連れて、ロビーを後にする。

肩越しに振り返った緑の目が、からかうように笑っていた。

「先に馬車で待ってたけど、いつまで経っても来ないから心配したよ。やっぱり楽屋から出るときは、ふたり一緒のほうがいいみたいだな」

「……お前が先に行ったんだろ」

助けてもらった礼を言おうと待ち構えていたミシェルの口は、勝手に不平を吐き出した。

まずい、と内心で焦るミシェルに、ピエールは少し悲しそうに眉尻《まゆじり》を下げて笑いかける。

「――ごめん、今度から気をつけるよ」

たとえミシェルに非があった場合でも、いつもピエールが先回りして謝ってしまうから、ミシェルは弟と本気で喧嘩《けんか》したことがない。

言葉にならずに呑《の》みこんだ『ごめんなさい』と『ありがとう』は、日を追って増えていくばかりだ。

「さあ、父様が痺《しび》れを切らしているころだよ、急ごう」

ふたりは肩を並べ、劇場前でふたりを待っている馬車に向かって走り出す。

あんなに酷《ひど》かった吐き気と頭痛は、嘘のように消えていた。

◆◆◆

「……疲れた」

ミシェルが弟と共にダランベール邸にもどることができたのは、すっかり日が沈んでからだった。

窓辺に置かれたお気に入りの椅子に腰を下ろした瞬間、どっと疲れが押し寄せてくる。

ガラス越しに見上げた空には、すでに星が瞬き始めていた。

明日に備えて曲のおさらいをしていたピエールが、鍵盤《けんばん》を叩《たた》く手を止めて、兄のぼやきに軽やかな笑い声を立てる。

「はは、さすがに連日は疲れたね」

「笑い事じゃないよ。もうヴァイオリンなんて弾きたくない」

ふたりのマネージメントをしている父親が、少しでも金を稼ぐ機会を逃すのを嫌がって、演奏会への招待を決して断らないせいで、双子はろくに休む暇もない。

ピエールは苦笑しながら手を伸ばし、ぽんぽんとなだめるようにミシェルの肩を叩く。

「疲れたんなら先に寝てていいよ。ぼくはもう少し練習して行くから」

「……いや、もう少しだけ、ここにいる」

ミシェルは椅子に逆向きに座り、背もたれの上に組んだ腕に頭を乗せて目を閉じた。

ピエールはいつもの気まぐれだと判断したのか、それ以上はなにも言わずにおさらいを再開する。

——ミシェルは弟が弾くピアノが好きだった。

ピエールの演奏を聴いていると、ミシェルは今は亡き母の演奏を思い出す。

どんなに疲れていても、腹が立っていても、ピエールの演奏を聴くとミシェルは心が安らいだ。

世間では巨匠と呼ばれているピアニストや、海外のコンクールで賞を獲ったという天才少女の演奏も聴いたことはあったが、どちらもピエールほど優しい音は出せない。

ふと曲の調子が変わった。重厚で荘厳な曲調から一転して、軽快で弾むような旋律に。

ミシェルはうっすらと目を開けて、ピエールの様子を窺《うかが》う。

するといたずらっぽい笑みを浮かべて、ミシェルの様子を窺っていたピエールと目が合った。

ミシェルはケースからヴァイオリンを取り出すと、ピエールの演奏に合わせて即興で弾き始める。

ピエールはニッと笑うと、軽くアレンジを入れて別の曲につないだ。

——明日のコンサートで演奏する予定の曲だ。

まんまとピエールにのせられた気はするが、嫌な気分はしない。

ピエールは細かく曲調を変え、アレンジをきかせながら、次々と明日の演奏予定曲を弾き、ミシェルはそれを追いかける。

——退屈な演奏会やサロンでの演奏とはまるで違う、目まぐるしくも無邪気な追いかけっこは、不意にドアの外から聞こえてきた耳障りな騒音によって中断された。

「……なんの音だろう？」

ピエールはピアノを弾く手を止めてドアに歩み寄り、ミシェルも眉間《みけん》にしわを寄せて後に続く。

勢いよく開いたドアの外には、茶色の髪をおさげに編んだ若いメイドが、真っ青な顔で立っていた。

足元にはバケツやモップ、ミシェルには使い方もわからないような掃除道具が転がっている。

「もっ……申し訳ございません‼　坊ちゃまたちのお稽古《けいこ》のお邪魔をする気はなかったんです！　今すぐ片付けますからお赦《ゆる》しを……！」

久しぶりの楽しい時間を邪魔されたミシェルは、眉間にしわを寄せて、今にも泣きそうな顔をしているメイドを見下ろす。

ミシェルたちよりは少し年上だが、使用人として雇い入れるにはまだ若すぎるその少女は、目の縁に涙をためて、何度も繰り返し頭を下げた。

ピエールがメイドを安心させようと考えたのか、少しおどけた口調で話しかける。

「やあ、シャルロット！　ずいぶんと欲張ったね！　こんなに持ってても使い切れないだろ？」

「あの、えっと、もうお掃除は終わったんです、……わ、わたし、お屋敷に来たばかりで、お役に立てることが少ないから、せめて片付けぐらいは皆さんの分までやらなきゃって思って……」

シャルロットと呼ばれたメイドは、しゅんとうつむく。

床に散らばる掃除道具は、彼女の細腕では抱えきれない量だ。

「なんとか、このお部屋の前までは来たんですけど、とても美しい音色が聞こえて……思わず聞き惚《ほ》れているうちに落としてしまったんです……本当に申し訳ありません……」

「ああ、そんなに謝らなくても大丈夫だよ、ちょっと遊んでただけなんだから。なっ、ミシェル？」

ピエールは陽気にミシェルと肩を組んで、しきりに目配せしてくる。

ミシェルが渋々ながらうなずくと、それを見た途端、シャルロットの表情がパッと輝いた。

こちらを見上げる瞳が潤んで、熱っぽい光を湛《たた》えている。

その輝きに、ミシェルは演奏会の後にロビーで追いかけてきた紙人形たちを思い出し、寒気を覚えてさっさと練習室にもどる。

ピエールは戸口に立って、切なげな表情でミシェルを見送るシャルロットと、さっさとヴァイオリンを手に取るミシェルを見比べていたが、不意に名案を思いついたように手を叩く。

「シャルロット、片付けの途中に悪いんだけど、練習室を掃除して行ってくれないかな？　ほこりは楽器の大敵だから、他の部屋以上に綺麗《きれい》にしておかないとね」

「あ……は、はいっ！」

シャルロットは拾い集めた掃除道具を抱えて、ピエールに続いて練習室に入ってきた。

ミシェルは思わず聞こえよがしのため息をついたが、ピエールは少しも悪びれず、ニヤニヤしている。

「観客がいたほうが、緊張感が出るだろ？　ほら、気を取り直して続き続き！」

再び追いかけっこが始まった。鍵盤を叩くピエールの横顔は楽しげで、指はなめらかな動きで楽譜をたどっていくが、先ほどまでの高揚感はミシェルにはない。

シャルロットは窓や床をせっせと磨きながら、たまに手を止めて演奏に聞き入っていた。

「あの……ミシェル坊ちゃまが弾いている楽器は、なんというんですか？」

演奏が終わり、休憩に入ってから少し経って、シャルロットが遠慮がちに訊《たず》ねてきた。

まだ機嫌が直らず、むすっと黙り込んでいるミシェルを肘《ひじ》で小突きながら、ピエールが答える。

「これはヴァイオリンって言うんだよ。シャルロットは、ヴァイオリンの演奏を聴くのは初めて？」

「はい、日曜になると教会で聴いていたパイプオルガンや、ピエール坊ちゃまが弾いていらっしゃるピアノは聴いたことがありましたけど、ヴァイオリンは、初めてです……」

「ミシェルは練習嫌いだからなあ」

からかうようなピエールの笑顔に、ミシェルはムッとして眉間にしわを寄せる。

シャルロットはあかぎれだらけの荒れた手を、そっと胸の前で重ねて、ミシェルを見ていた。褐色と赤褐色、明るい場所で見ると微《かす》かに色が違うのがわかる大きな瞳は、きらきらと輝いている。

――さっきの演奏が、よほど気に入ったのかもしれない。

「このお屋敷は、本当に天国みたいです。お優しい旦那《だんな》様にお仕えできて、家にいたころは聴いたこともなかった綺麗な音楽が聴けて……わたし、このお屋敷で雇っていただけてよかったです……」

シャルロットの言葉にピエールが嬉《うれ》しそうに笑い、ミシェルは不機嫌になる。

双子の弟は、たった一人の父親だからと、あんなどうしようもない男を一生懸命に慕っている。

息子を使って金を稼ぐことしか考えていないようなクズを〝お優しい〟と評する人間は、この屋敷で働く使用人の中にも滅多《めった》にいないので、父親が褒められるといじらしいほど喜ぶのだ。

ピエールは思わず身を乗り出して、シャルロットに語りかける。

「世界にはもっと色々な楽器があるんだよ。弦楽器ならチェロにヴィオラにコントラバス、オーボエにクラリネット、フルート――シャルロットが気に入る楽器が、他にもあるかもしれないね」

「楽器って、そんなにたくさんあるんですか……でも、わたし、きっと……ヴァイオリンが一番好きだと思います……」

シャルロットは消え入りそうな声でつぶやくと、耳まで赤くなってうつむいた。

ピエールは面白がるようにニヤニヤと笑いながら、こっそりとミシェルに耳打ちする。

「……あの子、ずいぶんとお前を気に入ってるみたいだな」

「はぁ？」

「さあ、もう少し練習しようか。シャルロットの大好きなお前のヴァイオリン、聴かせてあげようよ！」

困惑するミシェルを促して、ピエールは再び演奏を始める。

シャルロットは目の縁を赤く染めながら、とても幸せそうに演奏が始まるのを待っている。

ミシェルはのろのろとヴァイオリンを構えて弾き始めたが、今度は少しも楽しいと思えなかった。

◆◆◆

「あの……ミシェル坊ちゃま、旦那様がお呼びです……」

いつの間にか背後に立っていたシャルロットの呼びかけに、ミシェルはぎくりと肩を揺らした。

物言いたげな表情で、けれどもなにも言わずに自分を見つめるシャルロットの視線をわずらわしく感じながら、ミシェルは寝室を出て、父の部屋へ向かう。

――練習室で初めて名前を知って数週間が経過していたが、ミシェルはシャルロットが苦手だ。

他の使用人が言うには、仕事は真面目で愚痴も言わずに黙々と働くいい使用人らしい。

ミシェルも、やたらつきまとわれていることに気づかなければ、同じように思っていたかもしれない。

視線を感じて振り返れば高確率で彼女がいて、ミシェルが気づくと真っ赤になって目を逸《そ》らす。

気がつけばミシェルのそばにいて、なにかと理由をつけては後をついてくる。

振り切っても振り切っても、ふと気づけば視界の端にいるのだから、健気だとか一途だとかいうより悪霊か魔物にでも取り憑《つ》かれているような気分にさせられる。

ピエールは一途で可愛いじゃないかだの、健気だの、やたらとシャルロットを褒めるが、ピエールも夜中に目を覚まして、ドアの陰からこっそりこちらを覗《のぞ》いている彼女を発見すればいい。

さすがのピエールも優しくしてやれだの、あれじゃ可哀想だのとは言えなくなるはずだ。

「ああ、ミシェル。よく来たな」

父親はいつもの笑顔でミシェルを出迎えた。

――ミシェルは父親が嫌いだ。より正確に表現すれば心から軽蔑《けいべつ》している。

若いころから見た目以外に誇れるものがなかった父親は、その整った見目と甘い言葉で母を射止め、ダランベール家の当主の座を手に入れた。

ふたりの子どもの父親となった今も、暇をもてあました上流階級のマダムや、酒場の商売女たちには好かれるらしく、息子たちの目を盗んで女を連れ込んでいることをミシェルは知っている。

ミシェルの目には、母の死後の放蕩三昧《ざんまい》で、清潔感が失われた父親の顔は、卑しい素顔を隠すための安っぽい仮面に見えて仕方がないので、この男に擦り寄る女たちの悪趣味が理解できない。

実の息子のミシェルに対して、媚《こ》びるような笑顔を向けてくるのも嫌いな理由のひとつだ。

「メイドから急ぎの件だと聞きました。どんな御用ですか？」

「ああ……実は、次回の演奏会のことなんだが……」

「……またやるんですか」

うんざりだとため息を吐《つ》いてみせたが、面の皮の厚い父親には通用しなかった。

父親は薄っぺらな笑顔を貼り付けたままで、ずいっとこちらに半身を乗り出してくる。

「……次の演奏会には、ミシェル一人で出てみないか？」

「はあ？」

今度は父親にも伝わった。不機嫌をあらわにしたミシェルの返答に、父親は眉をぴくりと跳ね上げ、しかしそれをすぐに隠して猫なで声で説得を続ける。

「いや、これは過去の演奏会でも何度か指摘を受けていたことだし、次はプロのピアニストを呼んで、お前の伴奏してもらおうと……どうかね？」

「嫌だ」

「やっぱりそうか……しかし、今度のピアニストは有名な方で……」

「ぼくは、ピエールの伴奏でなければ弾きません」

「しかしな、本当に何度も指摘を受けているんだ。このままでは呼ばれなくなってしまうかも……」

「……いいじゃありませんか、それでも」

ミシェルが折れるつもりがないことに気づいて、ようやく父親は口をつぐんだ。

「……分かったよ。ピアニストの件は断っておく。せっかくの誘いだったんだが……」

「用件はそれだけですか？」

またグチグチと父親が粘り始めそうな気配を察して、ミシェルは会話を切り上げに掛かった。

父親はさすがにムッとしたようだが、結局、苦い顔でうなずく。

「では、失礼します」

ミシェルは父親に軽く頭を下げて部屋を出た。

扉の向こうで鋭い舌打ちの音がしたのは、聞こえなかったことにした。

◆◆◆

胸のムカムカが晴れないまま、ミシェルはその日も演奏会に出かけた。

楽屋でヴァイオリンの調整をしていると、リハーサルに行っていたピエールが帰ってくる。

ピエールが何故か封筒の束を抱えているのを見て、ミシェルは眉を顰《ひそ》めた。

「……なんだ、それ」

「父様から預かってきたんだ。お前を演奏会に呼びたいって人達からの招待状」

ざわりと嫌な予感が背中を走る。

ピエールは立派な封蠟《ふうろう》のついた封筒をひらひらさせながら、よく通る声で中身を読み上げる。

「……デュポワ侯爵夫人は、お前のためにウィーンから高名な音楽家を伴奏者として招く用意があるらしいよ。こちらは……自分と共演してほしいっていうピアニストからの招待だ。すごいな、ミシェル」

ミシェルは眉間にしわを寄せて、双子の片割れを真正面から睨み据える。

「……父親から何か言われたんだな？」

「……え？　い、いやまぁ……あはは」

「あいつ、余計なことを……」

「……自分の父親をそんな風に言うなよ。まぁとにかくさ、ぼく……来週は用事があるんだよ。悪いけど、その時はミシェル一人で行ってくれないかな？」

「そうなんだ。じゃあ、ぼくも出ないよ。コンサートは中止するか、日をずらしてもらおう」

弟が自分にあからさまな嘘をついていることに苛立《いらだ》って、わざと傲慢《ごうまん》な口調で返す。

ピエールは啞然《あぜん》としたようにミシェルを見返し、それから深いため息を吐いた。

「……ねぇ、これはミシェルの為なんだよ。父様だってミシェルの将来を思って……」

「ぼくはお前の伴奏じゃないと弾かないって言ってるのに、なにがぼくのためだって言うんだ？」

「だからさ……いつまでもぼくみたいな下手くそと演奏しても、身にならないだろ？」

ミシェルは驚いてピエールの顔を凝視した。ピエールは視線の圧力に耐えかねたように目を逸らす。

「お前には才能があるんだから、いつまでもこんなところで立ち止まってちゃだめなんだよ。もっと、上を目指さないと……」

「上？　そんなことして何になるんだよ。高レベルの演奏？　技術の向上？　いくら上手《うま》く弾けたって楽しめなかったら弾く意味がない」

「ミシェル。それは贅沢ってものだよ。上手く弾けて、楽しくもあって……なんて欲張りすぎだ」

「なら、上手くなくていい」

「…………！」

ピエールが弾かれたように顔をあげた。

信じられないものを見るように見開かれた緑の瞳を見据えて、ミシェルは言葉を続ける。

「才能があるせいで好きな相手と演奏できない、一緒に演奏する相手も自由に選べないっていうなら、ぼくはそんなものいらない」

ミシェルは自分にとって、ピエールが伴奏してくれるということが、どれだけ価値があることなのか訴えたつもりだったが、弟は相変わらず苦い表情を崩さない。

伝わらないもどかしさにミシェルは焦れて、思わず声を荒げてしまった。

「——とにかく！　ぼくはピエールとじゃなきゃ演奏しない。これだけは聞けないからね」

拗《す》ねて口をつぐんだミシェルを見て、ピエールは再び深いため息を吐く。

「もういい、わかった……お前さ、もう少し弟離れしなよ。ほんと、しょうがない兄だな」

「なんだよ、それ」

「ミシェルと双子やるのも大変だってことだよ」

苦い表情で目を逸らし、再び招待状の束を眺めていたピエールが、不意に目を瞠《みは》った。

「……驚いたな、アラン・アルデンヌからの招待状だ。お前、あの人にまで名前を知られてるのか」

「誰だよ、それ」

不機嫌なミシェルの返答に、ピエールはさっきまでのやり取りを忘れたかのように声を張り上げる。

「知らないのか⁉　わが国が誇る天才作曲家だよ！　演奏会でも何度かリクエストされて、この人の曲を演奏したことがあっただろ‼」

「覚えてない」

「……あ、そう。お前はいつもそうだな」

「興味ないから」

楽譜を見れば思い出すかもしれないが、相手が国の内外に名の知れた作曲家だろうが、ミシェルには関係ないことだ。

「……ああ、アルデンヌ氏は今、海外公演の最中だから、演奏会自体はもう少し先になるらしい」

「そいつも伴奏者を用意してるって？」

「いや、それは書いてないけど……アルデンヌ氏は『クロエのレクイエム』っていう曲を作っている最中らしいよ。完成したらお披露目会をする予定だから、そちらの方もよろしく頼むってさ」

「クロエ」

初めて耳にした、その聞き慣れない響きの名前は、何故かミシェルの心をざわつかせた。

レクイエム、ということは死者に捧げる鎮魂の曲だ。

アラン・アルデンヌは親しい誰かを失って、その人のために曲を書いているのだろうか。

「……クロエっていうのは、その人の奥さんとか、姉妹とか……それとも娘の名前かな？」

「ん？　アルデンヌ氏には娘がいるらしいけど、彼女が死んだって噂は聞かないな」

「じゃあ友達とか」

珍しく興味を示したミシェルを見て、ピエールも微かに表情を和らげる。

「クロエが名前とは限らないよ。元々はギリシャ語で『若葉』とか『萌《も》えいずる緑』とか、春の豊かさと美しさを象徴するための言葉だったらしいから、過ぎ行く春を惜しむ歌って意味かもしれない」

ミシェルの何十倍も本を読み、ピアノレッスンの傍ら、毎日の勉強も忘れないピエールは、おかしなことを知っている。

感心してうなずくミシェルを見て、ピエールは不意に人の悪い笑顔を浮かべる。

「……そういえば、アルデンヌ氏の一人娘も、ピアノの腕前はなかなかだって聞いたよ。興味があるなら伴奏を頼んでみたらどうかな？」

「何度も言わせるな、ピエール以外の伴奏者は、いらない」

取り付く島もない返答に、ピエールは肩をすくめて封筒をしまい、ステージに向かう。

（とりあえず今日は一緒に演奏してくれるらしい）

内心ホッと胸を撫《な》で下ろしながら、ミシェルはピエールの後を追う。

前を歩くピエールのその後ろ姿が、ひどく疲れているように見えて、ミシェルは反射的に弟の背中を目で追いかける。

しかし、その日のピエールは演奏が終わるまで一度も振り向かず、ミシェルにはピエールの表情を確認することはできなかった。

◆◆◆

ある夜、ミシェルは微かなピアノの音で目を覚ました。

寝ぼけ眼で身を起こすと、ピエールのベッドが空になっている。

「……ピエール？　あいつ、こんな時間まで演奏を……」

ミシェルはあくびをしながらベッドを出た。

テーブルの上にはピエールが綴《つづ》った書き取りの紙が散乱している。

その量を確認して、何時まで勉強していたのだろうかと不安を覚えながら、ミシェルはグランドピアノが置かれている練習室に向かう。

すでに時刻は夜中の十二時を過ぎて、父親も使用人もぐっすり眠っている時刻だ。

ピエールはミシェルと違って勤勉な努力家で、ピアノの稽古も勉強も、人一倍頑張っている。

——しかし、こんなに遅い時刻までピアノを弾いているというのは初めてだった。

ミシェルは妙な胸騒ぎを覚えて足を速めた。

「……あれ？　この音……」

微かに聞こえるピアノの音がミシェルの感覚に引っかかった。

ほんの微かな引っ掛かりは、練習室の扉を開けるころには、無視できない違和感に変わっていた。

「ピエール」

扉を後ろ手に閉めながら呼びかけるが、返事がない。

一心にピアノを弾いているピエールの耳には、ミシェルの呼びかけは届かなかったようだ。

仕方なしに近づこうとして、ミシェルはピアノから数歩離れた場所で立ち止まる。

——練習室の床は、ボロボロに引き裂かれていた。

「ピエール！」

二度目の呼びかけで演奏が止まった。ピエールは鍵盤に指をのせたまま、ゆっくりと振り返る。

「……ミシェル」

ピエールはひどく疲れた顔をしていた。ミシェルは小走りに駆け寄って、ピエールの肩をつかむ。

「こんな時間まで練習してたのか?」

「はは……まあね。……続けていい?」

「あっ、ちょっと待って」

ミシェルの制止にピエールはびくっと大きく肩を跳ねさせる。

「……な、なに?」

「さっきから、なんだか少し音がおかしいような……ピアノの音がずれてるというか……」

「……はあ?」

ピエールは表情を険しくして、鍵盤を叩いた。短いフレーズをいくつか弾いて、ミシェルを睨む。

「……そんなこと、ないよ。いつもと同じに聞こえるし……」

「……いや。やっぱりおかしいよ。多分、簡単な調整だけで……」

すぐに直してやろうと伸ばしたミシェルの手は、全力で払いのけられた。

「――ぼくのピアノに触るなっ!」

ほとんど絶叫と言ってもいいような声で怒鳴られて、ミシェルはその場に凍りつく。

ピエールは怒りに目をギラギラさせて、ミシェルを睨みつけている。

「……え?」

「ピアノの音がおかしい?……そんなはずないだろ、ずっと弾いてるぼくが気づかなかった異状に、なんでお前が気づくんだ? ああ、ぼくが凡人、お前が天才だからか! あははは っ!」

「……ピエール? どうしたんだよ、突然……」

「突然？……突然じゃないよ。ずっとずっと思ってたことだ」

不意にピエールの目が剣呑《けんのん》さを増す。

「それともまさかお前、ぼくがずっと我慢してることに気付かなかったっていうのか？　いつもいつもお前のわがままで、ぼくがどれだけ迷惑しているか、悔しい思いをしてきたか……!!」

ピエールの声は少しずつ高くなってゆき、しまいには血を吐くような絶叫に変わった。

「もう我慢の限界なんだよ！　どんなに練習しても必ずお前と比べられて批判される！　どんな努力も天才の前では意味がないって思い知らされる！」

ピエールはガリガリと頭を掻き毟《むし》り、乱れた髪の隙間からミシェルを睨む。

「どいつもこいつもミシェル、ミシェルって！　怠け者のお前がそんなにいいのかよ！　お前のせいでぼくは実の父親にさえ愛してもらえない……！」

それなのに、とピエールは泣き出しそうに顔を歪《ゆが》めて、ミシェルに詰め寄った。

「お前は！　ぼくの欲しいものを全て奪っておきながら、こんなものに価値はないと捨てようとする！　才能も、賞賛も、父様の愛情も、身近な人たちの好意も……それが一番許せないんだよ!!」

ミシェルに対する悲鳴のような糾弾は、やがて静かな嗚咽《おえつ》に変わった。

ピエールはミシェルの襟首をつかんだまま、うつむき、声もあげずに泣いている。

ミシェルは声をかけることも、慰めてやることもできずに、ただ呆然と立ち尽くしていた。


「――双子なんかに生まれなきゃよかった」

再び顔をあげたとき、ピエールは泣いてはいなかった。

青ざめた頬に涙の跡はなく、ミシェルを見つめる瞳は氷よりも冷え切っている。

「お前さえいなければ、ぼくの努力は正当に認められ、褒められていた」

「…………」

「……この家に生まれるのは、ぼく一人で良かったのさ。ミシェル、お前はいらない」

ミシェルが思わず息を呑んだのを見て、ピエールは笑った。

息が掛かりそうなほどミシェルに顔を近づけ、声を低めて、ありったけの悪意をこめて、囁く。

「お前なんか……死んじまえ」

ぐらりと視界が揺れた。

倒れそうになるのを踏みとどまって、ミシェルはピエールの顔を凝視する。

（……なんだよ……それ……どうしてそんなこと言うんだよ……）

頭に浮かんだ言葉は声にならなかった。

ピエールは生まれたときから今日まで、ずっと一緒に生きてきた大切な片割れだ。

この先も決して離れることはないと思っていた。

世界中の人間から憎まれることがあっても、ピエールだけは味方でいてくれると信じていた。

──それなのに。

「……なら、いいよ」

ミシェルはかすれた声で、ようやく言葉を絞り出した。

視界にじくじくと黒い物が広がって、ピエールの表情はもうわからない。

三日月形の笑みを浮かべている口許《くちもと》のイメージだけが、何故か脳裏に焼きついた。

「ぼくだってお前なんか……お前なんか大嫌いだ！　謝ったって許してやらないからな！」

ミシェルは練習室から飛び出した。

途中、騒ぎに気づいて様子を見に来たらしいシャルロットを見かけたが、声もかけずにすれ違う。

口を開いた途端に、その場で声をあげて泣き出してしまいそうな気がしたから。

◆◆◆

練習室を飛び出した後、ミシェルは居間の暖炉の前に膝を抱えて座り込んでいた。

部屋に帰って寝てしまうのが一番いいのはわかっていた。

――でも、部屋にもどったらピエールと鉢合わせしてしまうかもしれない。

そう気づいた途端、ミシェルは暖炉の前から一歩も動けなくなってしまった。

静かに揺れる暖炉の炎を見つめながら、ぼんやりとピエールに言われたことを思い返す。

「……本当に、ずっと思ってたのかな。あんな風に……」

ずっと一緒だったのに、本当はミシェルがいなくなればいいと願っていたのだろうか。

ピエールがくれた言葉も笑顔もいたわりも、すべてが嘘だったのかと思うと泣きたくなった。

（ぼくは、お前と一緒に演奏できれば、それだけでよかったのに……）

ツンと鼻の奥が痛んだ。ミシェルは膝に額を押し付け、涙を堪えようと目を閉じる。

それでも抑えきれない涙が、目の端から零《こぼ》れ落ちそうになったとき、居間の扉が開いた。

「……あの、坊ちゃま」

遠慮がちに呼びかけられて、ミシェルはうんざりした気分で顔をあげる。

予想していた通り、シャルロットがそこに立っていた。

色違いの瞳には、強くミシェルを案じるような色が浮かんでいる。

「片付けをしていたら、ピエール坊ちゃまの怒鳴り声が聞こえて……いかがなさったんですか？」

「………………。きみには、関係ないだろ」

ミシェルの素っ気ない返答にも、シャルロットは引き下がったりはしなかった。

そばかすの散ったあどけない顔を厳しく引き締め、ぎゅうっとエプロンの裾を握りしめる。

「……ピエール坊ちゃまに、なにか言われたんでしょう？」

ミシェルは無言で目を逸らした。

シャルロットはきゅっと唇を噛《か》んで虚空を睨んだ後、顔を真っ赤にして身を乗り出してきた。

「あの……わたし、ピエール坊ちゃまのおっしゃることは、あんまり、気にしなくていいと思います」

思いがけない言葉にミシェルは思わずシャルロットを見つめる。

「だってあの人、普段から陰で坊ちゃまの悪口ばっかりおっしゃっていたし……ひがみっぽいんです。そんな人の言葉をまともに取り合ったら、きりがありませんよ！」

シャルロットはミシェルを元気付けようとするように、笑顔を浮かべた。

その意図とは裏腹に、ミシェルは聞きたくもなかった事実を知らされて、真っ青になる。

（……ピエールが陰で僕の悪口を？　普段からって……いつから？　ずっと前から？）

ガンガンと頭が痛み始めた。

シャルロットはミシェルの反応にも気づかないのか、熱っぽい調子で的外れの激励を続ける。

「どうか、あんな人のことは気にせず、音楽に専念してください！　大丈夫です、ピエール坊ちゃまにどんなことを言われようとも、坊ちゃまの才能は決して消えることはないんですから……！」

一片の悪意も含まない励ましが、ギリギリで踏みとどまっていたミシェルに止《とど》めを刺した。

最初の一粒がこぼれると、涙は歯止めが利かなくなった。

ミシェルは子どものように涙をこぼしながら、両手で耳をふさいだ。

「……もういい、やめてくれよ……こんな時に……やめてくれ……」

「ミシェル坊ちゃま……？」

「……聞きたくない……そんな話、もう聞きたくない……頼むから、ひとりにしてくれよ……」

シャルロットは痛ましいものを見る目でミシェルを見つめ、部屋を出る。

「…………。わたし、あの人は嫌いです」

扉が閉じて、シャルロットの足音が遠ざかると、ひしひしと孤独が押し迫ってくるのを感じた。

（……これからはピエールがいないんだから、本当にひとりぼっちになるんだ）

じわりと視界がにじんだ。瞬きと同時に涙がこぼれて、ミシェルは孤独を噛みしめる。

――シャルロットの言ったことは、ある意味正しい。

ピエールがなにを思おうと、ミシェルがなにを思おうと、きっと現実はなにひとつ変わりはしない。

誰もがうらやむミシェルの才能は、ミシェルとピエールの間を隔てる壁になる。

ミシェルはずっと、自分とピエールの間には差も距離もないと信じていた。そう思い込もうとした。

過剰な評価も人々の賞賛も、ミシェルが本当に欲しいものを手に入れる邪魔になるだけだ。

（いらないと思ったものはたくさん持ってるのに、欲しいものだけは手に入らない）

また涙がにじんできた。

ミシェルが本当にほしかったものは、ピエールとふたりして、面倒なことなどなにも考えずに、ただ無邪気に演奏を楽しんでいられたあのころの、楽しかった日々だけだというのに。

――膝を抱えて顔を伏せ、泣き始めてからどれくらいの時間が経ったのか。

ミシェルは猫の声を聞いた気がして、泣き腫《は》らした顔をあげた。

膝を抱えたままの体勢で居間の中を見回すと、ソファの陰からひょこっと黒い仔猫《こねこ》が顔を覗かせる。

「……どうしてこんなところに、猫が」

一体どこから迷い込んだのか、まだ小さな、乳離れしてから間もないぐらいの大きさだ。

仔猫はミシェルと目が合うと、小さな足をよたよた動かしてミシェルのそばまでやってきた。

それから小さな丸い頭をぐりぐりとミシェルの足に押しつける。

（ずいぶんと人懐っこい仔猫だな）

ミシェルはおずおずと手を伸ばして仔猫の頭に触れた。

仔猫は気持ちよさそうに目を細め、自分からミシェルの手のひらに体をすり寄せてくる。

――みゃあ。

仔猫はミシェルの顔を見上げた後、前足で爪先《つまさき》を二回、ぽんぽんと叩いて鳴いた。

なんだか慰められている気分になって、ミシェルは仔猫を抱き上げ、顎《あご》の下をくすぐってやる。

「……迷い猫かな。このあたりは野良猫が少ないから、この近所の屋敷の飼い猫か、それとも……」

――みゅー。

甘えるような鳴き声に、ミシェルは改めて仔猫を見下ろした。

『……ギリシャ語で『若葉』とか『萌えいずる緑』とか、春の豊かさと美しさを象徴するための言葉……』

「クロエ」

うっかり呼んでしまってから、ミシェルは後悔した。

自分が飼えるわけでもないのに名前なんてつけていいわけがない。

父親は、指が傷つけば演奏に支障を来たすという理由で、ミシェルがよその飼い猫に触れることすら許していないのだ。

ましてや迷い猫、野良猫なんて、見つかれば殺されてしまうに決まっている。

今すぐに敷地の外に逃がしてやるのが、ミシェルにとっても、この仔猫にとっても、最善の道だ。

（でも……）

ミシェルは自分の腕の中でゴロゴロと咽喉《のど》を鳴らしている仔猫の体温と、小さいけれど確かな重みに胸の痛みが少しだけ和らいでいることに気づいた。

「……クロエ」

──みゃあ!

まるで返事をするように、仔猫が甲高い鳴き声をあげた。

「……もしかして、喜んでるのかな」

仔猫はミシェルが呼ぶたびに、耳をピンと立て、甲高い声で鳴き返す。

暖炉の火が燃え尽きて、空が白々と明け始めるころには、ミシェルはクロエと名づけた小さな仔猫を手放すことなど、もう考えられなくなっていた。


──後に仔猫のクロエを失ったとき、ミシェルは初めて、それがアラン・アルデンヌの作るレクイエムに冠されていた名前だったことを思い出して、しばらくは罪の意識に苛《さいな》まれることになる。

ミシェルが何故か心を惹《ひ》かれたその名前には、避けがたい不幸の影がまとわりついていたのだ。

◆◆◆

メイドのシャルロットにクロエの存在がばれたのは、ミシェルが庭でこっそりとクロエを飼い始めて数日が経ったある昼のことだった。

クロエがミシェルを追いかけて部屋の中まで入り込んでしまい、誰かに見つかる前に外に出そうと、扉を開けたところで鉢合わせたのだ。

――考えてみれば、暇さえあればミシェルのそばをうろうろしていたシャルロットに、まだクロエの存在がばれていなかったことが、奇跡といえば奇跡かもしれない。

ミシェルはクロエを背後に庇い、シャルロットの前に立ちはだかった。

「……どうする気？　父親に告げ口する？」

父親に知られれば間違いなくクロエは殺される。

どうすればクロエを守れるかと、ミシェルは必死で考えをめぐらせる。

それまで困った顔でミシェルを見ていたシャルロットは、パッと頬に朱を散らして叫んだ。

「な……！　い、言いません！」

「……本当に？」

「絶対です！　言うわけありません！」

思いがけず強い口調で言い切られて、ミシェルは少し戸惑った。

「そうか……なら、いいけど……」

しかし、シャルロットは部屋から出て行かず、そわそわした様子でクロエを見ている。

「……なに？」

怪訝《けげん》に思って訊ねると、シャルロットはまた真っ赤になった。

「あ、いえ！　その……なっ、撫でてもいいですか？」

「……え」

予想外のリアクションに驚いたミシェルが言葉を失うと、シャルロットは悲しげに眉尻を下げる。

「あ、だめ……ですよね、申し訳ございませんでした……」

「え、いや、別にいいけど……」

シャルロットは一転、はにかむような笑顔を浮かべて、クロエの前にかがんだ。

手を伸ばして背中を撫でると、撫でられる側のクロエも気持ちよさそうに目を細める。

「……シャルロット」

「はい？」

「きみは、ぼくの味方か？　それとも……あいつらの味方か？」

ミシェルが硬い声で問いかけると、シャルロットは怒ったように立ち上がった。

「そんなの、もちろん、坊ちゃまの味方に決まってます！」

力強く言い切ったシャルロットの表情は、とても一生懸命で、嘘や計算など欠片《かけら》もない。

ミシェルは強張っていた肩の力を抜いて、改めてシャルロットを見つめた。

「……そうか」

「…………！　はいっ！」

初めて見たミシェルの微笑に顔を赤くして、シャルロットはクロエを抱き上げる。

少しだけ距離を縮めたふたりの間で、クロエも嬉しそうに鳴いた。

◆◆◆

——クロエとの別れは突然だった。

その朝、目覚めたときからミシェルは嫌な予感につきまとわれていた。

「……クロエ？」

ミシェルはあわただしく着替えをすませると庭に出て、何度も仔猫の名前を呼んだ。

いつもは名前を呼べば、すぐ飛び出してくるのに、今朝の庭はしんと静まり返って、風が梢《こずえ》を揺らす音すら聞こえない。

「シャルロット！　クロエを知らない？」

掃除中に呼び止められて、振り返ったシャルロットの顔からは血の気が引いていた。

「何か知ってるんだな!?」

「……だ、だって。ほかに、どうしたら……どうすれば……」

ガタガタと震えるシャルロットを脅しつけ、ようやく聞き出すことができた情報は、クロエが父親に見つかったという最悪のニュースだった。

シャルロットがミシェルと協力して猫のことを隠していたと知った父親は激怒して、シャルロットに水瓶に沈めるか、山に捨てるか、どちらか一方を選べと迫ったという。

あんなに可愛がっていたクロエを殺せるはずもない。泣く泣く山に捨てに行ったという。

「まだ自分では餌もとれない仔猫を山に……って。そんなの、殺したも同然じゃないか……」

「……だ、だって……！　わたし、この家を追い出されたら、どこへ行けばいいのか……！」

しゃくりあげるシャルロットを前に、ミシェルは呆然とつぶやいた。

「……ぼくのせいだ」

中途半端に名前をつけて、餌をやって、可愛がって。

飼えるわけでもないのに庭に隠していたせいで、クロエを絶望的な状況に追いやってしまった。

「ぼくが殺したようなものじゃないか……」

ミシェルの頬を涙がつたう。

自分の愚かさゆえに失われてしまった命に対する哀惜と罪悪感に、押し潰《つぶ》されそうになったとき、

「……坊ちゃまは悪くありません！」

シャルロットが叫んで、ミシェルは思わず目を瞠った。

「坊ちゃまには何の罪もありません！　悪いのは……悪いのは、ピエール坊ちゃまです!!」

「……え？」

「……お前、なにを言って……」

「クロエちゃんのことを旦那様に告げ口したのはピエール坊ちゃまなんです！　だから、あの人が全て悪いんですよ!!」

ピエールを糾弾するシャルロットがどこか嬉しそうに見えて、ミシェルはぞっとする。

——もう誰も信じられない。

味方だと言ってくれたメイドは土壇場でミシェルを裏切り、生まれたときから一緒だった双子の弟はミシェルの大切な黒猫を死に追いやった。

ピエールは、そこまでミシェルが憎いのだろうか？

ミシェルがほんのわずかな心の安らぎを得ることすら許せないほど？

そう考えるだけで心がすうっと冷えて、締め付けられるように胸が苦しく、頭はガンガンと痛んだ。

——本当に欲しいもの、大切なものは手に入らない、届いたと思った次の瞬間には失われる。

（まるで呪いだ）

そしてミシェルの世界から、クロエは永遠に失われた。

おぼつかない足取りで部屋にもどったミシェルは、もう一度だけクロエのために泣いて、それ以降は二度と自分のせいで死んだ仔猫の名前を口にすることはなくなった。

◆◆◆

クロエの一件がきっかけで、ミシェルはなにもかもが嫌になった。

ヴァイオリンに触れると吐き気がこみあげ、演奏にまで支障を来たす状態になってしまう。

ひどいときには楽譜の読み方すらわからなくなることもあった。

――このままでは本当に、音楽そのものまで嫌いになってしまいそうだ。

ミシェルは思いあまって父親に直談判し、しばらく公演は休止してもらおうと考えた。

ノックもせずに開けた扉の向こうでは、父親とその友人を名乗る胡散臭《うさんくさ》い山師が談笑していた。

驚く同席者には目もくれず、ミシェルは大またに父親に歩み寄って、用件を切り出した。

「……お父様。ぼく、今度の公演には出られません」

いつもは呼びつけなければ部屋に近づくことすらしない息子の、突然の訪問に困惑していた父親は、怪訝そうにミシェルを見つめ、不意に声を立てて笑い出した。

「なにを馬鹿なことを言ってるんだ、ミシェル。そんなこと許されるわけがないだろう」

「でも……」

「駄目だ。キャンセルはできない」

「嫌だ。出たくありません。もう二度と、ヴァイオリンなんか弾きたくない！」

「ミシェル……」

微かに温度の下がった父親の声に、ミシェルは思わず目を瞠った。

いつも父親の顔に貼り付いていた媚びるような笑みが消える。

「……お前は、私を誰だと思っている？　私はお前の父親だぞ」

それまでは幼子をあやすようだった父親の声が、急にがらりと調子を変えた。

「その気になればお前なんてこの家から放り出してやることもできる。……ヴァイオリン以外のことはわからない世間知らずのお前が、外の世界でどうやって生きていくつもりだ？」

それは説得の形を装った恫喝《どうかつ》だった。

傲慢で身勝手な地金をむき出しにした父親が、粘るような悪意をこめて口にする脅しに、ミシェルは自分が無力な子どもでしかないことを思い知らされた。

――餌の獲り方も知らないまま、山に放り出された仔猫の前には、不可避の死が待ち受けている。

彼は実の息子に対して『自分は好きなときにお前を殺せる』と宣言してみせたのだ。

「……言うことをききなさい。いいね？」

「……はい……」

のろのろとうなずくと、父親は満足げな笑みを浮かべて、ミシェルを部屋の外に送り出した。

ミシェルが扉に背中を預けて呼吸を整えていると、父親と客人の会話が断片的に聞こえてきた。

「……まったく……にも困ったものだ……」

「……天才とはいえ……まだ子ども……わがままも……」

「……だそうだ……駄々をこねるものだから……」

扉越しに聞こえてくる声が、不意にクリアになる。

「……まったく、いつまで稼げるか、分からないというのに」

心臓がどくんと跳ねた。

これは聞いてはいけない会話だと、ミシェルの本能が警鐘を鳴らす。

それでもショックを受けた体は思うように動かず、部屋の中の父は忌々しげに言葉を続ける。

「神童も、二十歳すぎればただの人というし。今のうちに使えるだけ使っておかないといけないのに、本当に面倒なやつだ……」

扉の向こうで楽しげな笑い声があがる。

ミシェルは苦労して自分の体を扉から引き剝《は》がした。

動悸《どうき》がする。目が回る。大声で泣き喚《わめ》きたいような衝動を、ミシェルはぐっと飲み下す。

(……結局、こうだ)

ピエールはミシェルが父親の愛情を独り占めしていると言っていたが、現実はこれだ。

(……親に愛されないのは、ピエールだけじゃない。ぼくは、単に利用価値があるから、金ヅルとして利用できるから、丁重に扱ってるというだけ)

そうだ、自分は便利に使われている――そう自覚した途端、ミシェルは胸がムカムカしてきた。

(……なんであんな奴に利用されなくちゃならないんだ)

答えは簡単には見つからない。だが、元凶だけはハッキリとしていた。

（……ヴァイオリンなんて、始めなきゃよかった。それが何もかもの元凶だ……大嫌いだ……）

嫌悪の感情が高まっていくにつれて、じわじわと広がる黒い染みがミシェルの視界を染めていく。

――本当に大嫌いだった。ヴァイオリンも、ただ利用されているしかない自分自身も。

「……坊ちゃま」

呼びかけに目を開けるとシャルロットが心配そうにミシェルを見ていた。

クロエの一件以来、シャルロットとはまともに口を利いていない。

無言で目を逸らして会話を打ち切ろうとしたが、シャルロットには意図が読み取れなかったようだ。

「あの、旦那様となにか？」

「……ぼくに構うな」

「………。どうか、元気を出してください……」

薄暗かった視界がじわりと切り替わる。

灰色から赤へ、世界は血と炎の色に染め上がり、ミシェルの意識は混濁し始める。

「構うなと、言ってる」

「あの……もしかして、旦那様から、坊ちゃまが最近スランプなのを指摘されたとか？」

「…………」

シャルロットの励ましは、いつだって的外れだ。今に始まったことではない。

気力が十分なら右から左へ聞き流すこともできるが、こんな体調では不可能だった。

「だ、大丈夫です！　坊ちゃまの才能は絶対ですから！」

吐き気がこみあげてきた。

ミシェルはシャルロットを払いのけようと軽く手を振るが、シャルロットは動じない。

それを一体どう解釈したのか、シャルロットは同情の眼差《まなざ》しでミシェルの背中に触れる。

「……スランプになるのも無理もないですよ。きっとピエール坊ちゃまのせいで、色々と精神に負担があったんです。坊ちゃまのせいじゃありませんよ」

そろそろ黙ってもらおうと考えて向き直ったミシェルを、シャルロットの笑顔が迎えた。

「でも、坊ちゃまは特別な方ですから！　きっといっぱい練習すれば、旦那様だって、他の人だって、絶対に坊ちゃまの才能を認めてくれるはずですよ！」

それが我慢の限界だった。

「ふざけるなっ‼　誰があんなやつのために……！」

「きゃっ……！」

ミシェルは力任せにシャルロットを振り払った。

シャルロットはよろけ、たたらを踏んで、壁に思いっきり背中を打ち付ける。

「お前に何が分かるっ‼　才能？　特別？　そんなもの、ぼくは……」

「……あ……」

ぽかんと天井を見上げたシャルロットの顔は、次の瞬間、落下してきたシャンデリアに押し潰され、微かに遅れて大量のガラスが砕け散る音が響き渡った。

◆◆◆

――それは、複数の原因が重なったことで生まれた悲劇だった。

第一に、ダランベール家のシャンデリアはどれも年代物で、かなり脆《もろ》くなっていたこと。

第二に、ミシェルが制御できない怒りに流され、力の加減を忘れていたこと。

第三に、よろけたシャルロットが背中をぶつけたのが、シャンデリアの上げ下げに使うレバーのある壁だったこと。

最後に、シャンデリアを支える鉄鎖はすでに錆《さ》びて朽ち始めており、ほんの少しの衝撃を与えれば、いつ切れてもおかしくない状況にあったこと。

いくつかの不運が重なった挙句、シャルロットはミシェルの目の前でシャンデリアの下敷きになり、ごぼごぼと赤い血の泡を吐きながら息絶えた。


――ぼくが、やったのか？

「……ちがう。これは不幸な事故だ。シャンデリアが老朽化して、もろくなってたから……」

――でも、つきとばしたのはぼくだろ？

「突き飛ばしたんじゃない、振り払ったんだ、そうしたらあいつ、よろけて……」

――ぼくはひとごろしだ。

「違う」

――ひとごろし。

「違う……違う違う違う！」

――ごまかしてもいみがない、だって、ぜんぶみられていたんだから。

「!?」

不意に背中に突き刺さるような視線を感じて振り返ると、窓辺に白い猫が座っていた。

（……見られた……）

頭の中で響いた声に押されるように、ミシェルは窓辺に駆け寄った。

白い猫は逃げるそぶりすら見せない。

伸ばした指が白猫の首をつかみ、そのまま一息に絞め殺す。

――ぽきりと手の中で骨が折れる感触があった。

白猫は声もあげず、ミシェルの手に爪を立てることすらせずに、あっけなく息絶えた。

◆◆◆

最後のフレーズを弾き終えると同時に、ホールに満ちていた闇が、潮のように引いた。

天井から吊《つ》り下げられたシャンデリアに灯がともり、ホールを明るく照らす。

最後までステージの隅にわだかまっていた闇は、光に追われて消滅した。

一瞬の静寂の後、誰もいない座席から、割れんばかりの拍手と歓声があがった。

ミシェルは見えない聴衆に向かって頭を下げる。

観客席にいたクロエが立ち上がり、ステージに駆け寄ってきた。

しかしミシェルの顔を見るなり笑顔を消して、心配そうに覗き込んでくる。

「……ミシェル、どうしたの？」

そう聞かれてミシェルは初めて正面から、クロエの目を見つめ返した。紫の瞳に映った自分の顔は、今まで見たことがないほど陰鬱《いんうつ》な、ひどい表情を浮かべている。

「……ぼくは、ヴァイオリンなんか大っ嫌いなんだ」

どうにか絞り出した声はかすれていた。

「こんな楽器に関わったせいで、嫌なことや、悲しいことが、いっぱいあったから」

ヴァイオリンさえ弾いていなければ、父親に金を稼ぐための道具として扱われることもなかったし、自分がこれっぽっちも愛されていないことを思い知らされずに済んだ。

きっとピエールをあんなに苦しめることも、憎まれることもなかったに違いない。

そうすれば、子どものころのように、いつまでもずっとふたりで一緒にいられたのに。

ミシェルは無意識に指先が白くなるほど強く、弓を握りしめる。

「……ぼくが、もっと早くヴァイオリンを捨てていれば、仔猫のクロエは死ななくてよかったはずだ。シャルロットだって、あの白い猫だって……！」

「ミシェル」

そっと静かな声で呼ばれて、ミシェルはハッと口を閉ざす。

クロエはどこか大人びた表情を浮かべてミシェルを見上げていた。

「……ミシェルにも、嫌なことがあったのね」

つぶやいてクロエは目を伏せた。青白い頬に長いまつげが影を落とす。

――そういえば、こんなに明るい場所でクロエと向き合うのは初めてだ。

数時間前に出会ってから今まで、クロエはいつも暗闇の中にいた。

まぶしいシャンデリアの明かりの下で見るクロエは、やけに儚《はかな》く見える。

「クロエもミシェルと同じよ。嫌なことや、悲しいことが、たくさんたくさんあった。だから
クロエは自分のことが大嫌いなの」

穏やかな表情で告白したクロエの目には、激情のかけらは見当たらなかった。

ただ、諦《あきら》めまじりの深い悲しみだけが目の縁に淡くにじんでいる。

ミシェルは胸を締め付けられるような心地がして、小さく息を吸ってから口を開いた。

「きみとぼくには、似たところがあるね」

「そうかしら？」

「……わがままなところとか」

クロエは目をパチクリさせてミシェルを見つめ、それからくすくすと笑い出す。

「……そうね、似てるかも」

「だから、ほっとけないのかな」

ミシェルは手の中のヴァイオリンを見下ろした。

「……不思議なことに、ここで演奏するのはそんなに嫌じゃないんだ」

演奏を聴いているのがクロエひとりだから？

それとも呪いを解くためという明確な目的があるから？

——正直、ミシェル自身にもよくわからない。

だが呪いに覆われた暗闇の中で、姿の見えない観客に向かって演奏している最中、ミシェル
は何度もヴァイオリンを始めたばかりのころのことを思い出していた。

あのころのミシェルは、自分の手で楽しい音を紡ぎ出せることが、ただただ嬉しかった。

まだまだ技術的には未熟で、作曲家の経歴や曲の成立に関する知識も皆無だったが、演奏することが楽しくて、よくピエールとふたりで時間も忘れて弾き続けた。

こんなにヴァイオリンを嫌いになる日が来るなんて、想像すらしていなかった。

「それは、とても不思議ね」

クロエはヴァイオリンをつかむミシェルの手を、小さな両手で包み込んだ。

じわりと熱が伝わって、ミシェルは自分の手が緊張で驚くほど冷えていたことを知った。

「……あのね。ミシェルが演奏してくれると、クロエの気持ちがとってもらくになるの。絶対に解けないと思っていた呪いが、ミシェルの演奏を聴くたびに少しずつ解けていくのよ」

でもね、とクロエは一途でひたむきな眼差しをミシェルに向ける。

「ミシェル以外の誰かが演奏しても、そして、その演奏がどれだけ上手だったとしても、きっと呪いは解けなかったと思うの。……ミシェルだから、大好きなミシェルが弾いてくれた曲だったから……」

クロエは、そっとミシェルの手を離す。

それから手の中の、目には見えない大切なものをしまうように、両手を自分の胸の上に重ねた。

「さっきの演奏、今まで聴いた中で一番素敵だった。……ありがとう、ミシェル」

クロエはここではないどこかを見晴るかすように、視線を虚空にさ迷わせる。

「きっと『彼女』にも届いてるのね。……あと、もう少し。もう少しで呪いが解ける……」

「……そうか」

呪いが解ければ、ミシェルとクロエは館から解放される。

館に潜む怪異におびやかされたり、楽譜を求めて呪われた館の中を歩き回る必要もなくなる。そしてミシェルは二度とヴァイオリンを手に取ることはないだろう。

――ちくりと胸が痛んだような気がするが、きっと錯覚だ。

ミシェルは次の楽譜の手がかりを求め、三階で唯一まだ調べていなかった部屋に向かう。

慎重に扉を開けると、室内からは熱のこもった空気が流れ出してきた。

この階で最後の探索場所になったのは厨房だったようだ。

暖炉にかけられた大鍋ではぐらぐらと湯が沸き、大きなかまどには火が燃えている。

(まるで、ほんの少し前まで誰かがいて、晩餐の用意をしていたみたいだ)

ミシェルは注意深く探索を始める。

壁には銅の鍋やフライパンがいくつも掛けられ、ミシェルにはどんな用途で使うのか見当もつかない多種多様な調理器具が、整然と戸棚に並べられていた。

食器棚には丁寧に磨かれた銀食器や美しい絵柄の描かれた陶器の皿が収められている。

その食器棚でチカリと何かが光った気がして、ミシェルは目を凝らした。

ティーカップの間に『地下室』と書かれたタグのついた小さな鍵が置かれている。

大きなテーブルの反対側に回りこんだとき、ミシェルはそれまでテーブルの陰に隠れて見えなかったあるものを見つけた。

血だまりの中に猫――ブランよりも一回り小さな白猫の無惨な死体が横たわっている。

舌を吐き出し、苦悶《くもん》の表情で息絶えた猫の腹には深々と包丁が突き立てられ、毛皮は執拗《しつよう》に裂かれて元の毛色が分からなくなりそうな量の鮮血に濡れている。

しかし、ミシェルの目を釘《くぎ》付けにしたのは哀れな猫の死に様ではなく、そのすぐそば、床に血文字で書かれた一文だった。

『解体ショーは楽しめた？』

床の上で踊る楽しげな筆跡に、滴るような悪意に、すうっとミシェルの視界が暗くなる。

どこか遠くで午前四時を知らせる鐘が鳴るのが聞こえた。

【間奏曲5～あるいは変奏曲1～】

――これは夢だ。

ピエール・ダランベールはピアノの前に座ったまま、頭の片隅でそう考えていた。

眼前に広がるのは光を浴びて輝く舞台。その中心でただ一人、軽々と難曲を弾きこなす兄、ミシェル。

曲目はパガニーニのヴァイオリン独奏曲。『カプリース二十四番』だ。

客席からは咳《せき》払いひとつ聞こえず、観客は大人も顔負けのミシェルの超絶技巧に聞き入っている。

――これは悪い夢だ。

演奏を終えたミシェルは、客席へ向かって素っ気なく一礼する。

途端に巻き起こる、割れんばかりの拍手。口笛と歓声は止まず、熱気に感染した観客が次々と立ち上がって最高の賞賛を送る。

ピエールも苦労しながら笑顔を作って、観客たちと一緒に兄の演奏に拍手を送る。

割れんばかりの歓声の中、観客たちのつぶやきが、何故かはっきりと聞こえてくる。

「……やはりピアノは無いほうが映えるな」

「確かにな。演奏者のレベルが追いついていないからな……」

「……まぁ、ピアノもあの年齢の子どもにしては良く弾けているほうだと思うが……」

「……やはり、ミシェルと並ぶと見劣りするというか……」

（やめてくれ）

表面上は朗らかな笑顔を浮かべたまま、ピエールは心の中で悲鳴をあげる。

（分かってる。そんなの自分が一番分かってるんだ）

すぐ隣にいるミシェルは観客の会話には全く気付いていない。

彼は、自分に対する評価にも感想にも批判にも賞賛にも、一切興味を持たないからだ。

（周りを気にしているのは、いつだってぼくのほう）

ミシェルは冷めた眼差しのまま、舞台袖《そで》に消えていく。

「なぜ彼の演奏はいつもあの伴奏なんだ？　大人を雇えばいいじゃないか」

「……仕方ないさ。天才ヴァイオリニスト本人の、たっての希望なんだから」

「弟の伴奏でなければ演奏しないと、駄々をこねたらしいぞ」

「天才と言っても子供だな。……弟にしてみれば、晴れがましいことだろうが……」

（ぼくは別に好きで伴奏をしているわけじゃない）

嚙みしめた奥歯がガチリと鳴った。

これは夢だ。何度も何度も繰り返し見て来た悪夢だ。

観客からの賞賛も注目も、同じステージに立つピエールを無視して兄だけに注がれる。

演奏を終えた兄は、自分に浴びせられる賞賛の嵐を、気にも留めずに舞台袖に消える。

すると周囲の観客が、声を揃えて呟《つぶや》くのだ。

『やっぱりピエールのピアノが無いほうがずっといい』

いつもいつも、いつもいつもだ。

好きで伴奏をしているわけじゃない。ミシェルがどうしてもと言うから弾いている。

実力に差があることは、ピエールが一番分かっていた。

ミシェルは天才で、自分は凡人。そう生まれついてしまったんだから。

夢の中でピエールは、自分の指に視線を落とす。

皮がめくれて磨り減ってしまった醜い指。これだけ練習を重ねても、天才には追いつけない。

幼いころには気にも留めなかった才能の差を、重荷に感じ始めたのはいつだったか。

気がつけば、あんなに楽しかった兄との演奏は、苦痛でしかなくなっていた。

割れんばかりの拍手はまだ続いていた。ミシェルの姿はとうにステージから消えているというのに、観客は壊れた玩具《がんぐ》のように手を叩きながら顔を見合わせてささやき交わす。

『ピエールのピアノが無いほうがずっといい』

『伴奏者を代えればいいのに』

観客の嘲笑《ちょうしょう》に応《こた》えるように、別の影が舞台袖から現れた。

「いいか、ピエール。お前がミシェルを説得するんだ」

父親はもう一人の息子を睨みつけ、口から唾《つば》を飛ばして叫んだ。

「ミシェルが望むなら、どんな有名なピアニストだって引っ張ってきてやるのに。いいか、ミシェルが他人の伴奏でも舞台に立つよう、お前がよく言い聞かせるんだ」

「……出来ません。だってミシェルは、ぼくの言うことなんかまるで聞かないんだ。それは父様だって知ってるでしょう?」

「黙れ役立たず！　使えないゴミの、無駄飯食いが‼」

舞台の上で父親が足を踏みならすと、心臓がぎゅっと縮んで痛くなる。

(ぼくだって。ねえ、父様。ぼくだってたくさん練習したんだ)

それでも稽古すらまともにしないミシェルの才能に遠く及ばない。

素人が見ても明らかなほど、ふたりの間には大きな実力差があった。

それでもミシェルは、こう主張し続けるのだ。

『ピエールが弾かないならぼくも舞台には立たない。他のやつの伴奏なんて、いらない』

——晴れがましいなんてものじゃない。ピエールにとってはただの公開処刑だ。

父親は難しい顔で黙り込み、ふと冗談めかした笑顔をピエールに向ける。

「……そうだな、いっそのことお前が死ねば、ミシェルも諦めて、他の伴奏者を選ぶ気になるかもな。どうだい、ピエール。お前、兄さんと父さんのためだと思って試しに死んでみないか?」

——これは悪い夢だ。

現実の世界でも全く同じ内容のことを全く同じ表情で言われたことはあったけれど、これは夢だ。

ピエールはあいまいな笑いを浮かべて父親から遠ざかり、観客にまぎれて身を隠した。

父親にとって、自分の命はそこまで価値のないものだと思い知らされるのは死ぬほどつらかったが、褒めてもらうためだけに捨てられるほど、自分の命に執着がないわけじゃない。

ピエールは自分の指先を見て、ため息を吐く。

天才のミシェルは練習をしなくったって、どんな難曲も軽々と弾きこなしてしまう。

差を詰めるためには努力をするしかなかった。ただひたすらに、がむしゃらに。精一杯の努力を。

——舞台に立っても恥ずかしい思いをしないように。

——父様に褒めてもらえるように。

気付くと観客がみんなこちらを向いていた。仮面のような真っ白な顔に、ニタニタと薄気味悪い笑みを浮かべ、口を揃えてささやく。

『下手くそ！　ゴミ！　やめちまえ！』

（分かってる。そんなの、ぼくが一番分かってる。どれだけ練習したって実力の差が浮き彫りになるだけさ。ぼくはみじめな下手くそで、あいつは生まれついての天才なんだ）

なのにミシェルだけがそのことに気付かない。

会場が暗転し、再びスポットライトが舞台を照らす。

光の中に父親の姿はない。代わりに先ほど舞台を下りたはずのミシェルが、再びそこに立っていた。

『伴奏を頼むよ、ピエール』

一切の嫌みも蔑《さげす》みもない、好意と信頼のこもった呼びかけが会場に響き渡る。

——これは悪い夢だ。

命令に逆らえず、足が勝手に動いて階段を下る。

（嫌だ）

もうあいつと一緒に舞台に立ちたくない。

舞台の上から差し出される、ミシェルの手。

（嫌だ。嫌だ。嫌だ）

しかしピエールが舞台に立った途端に、ミシェルの姿はかき消えた。

そして襲い来る、嵐のような怒号。

『下手くそ！　ゴミ！　やめちまえ！』

舞台の上だから、泣くわけにはいかない。必死に笑顔を作って嵐をやり過ごそうとする。

それでも心はズタズタに切り裂かれ、死にそうに痛んだ。

（嫌だ。もう嫌だ。もうこんな思いをしたくない）

——どうすれば此処《ここ》から逃げられるんだろう。

「簡単なことだ」

唐突に静寂が満ちた。

驚いて顔を上げると、背の高い痩《や》せた男がこちらを見下ろしていた。手足の長い、まるで蜘蛛みたいなシルエット。

「——ミシェル・ダランベールが君の前から消えてしまえば、万事解決ではないのかね？」

「あ……ああああああああああああああああああああああああああああ！！！！！！」

ピエールは絶叫と共に跳ね起きた。

動悸を堪えるために胸を押さえ、弾んだ息を整える。視界は暗い。時刻はまだ深夜だろうか。

酷く怖い夢を見た気がするが、あまりよく思い出せない。

みじめで悲しくて——そして酷く恐ろしい気分を味わったような。

（ただの夢だ）

騒がしかった夢の中とは違い、室内は穏やかな静けさに満ちていた。

軽く頭を振って、ピエールは夢の残滓《ざんし》を追い払う。

先ほどの絶叫で、兄を起こしてしまわなかったろうか。隣のベッドをひょいと覗き込むと、そこには誰もいなかった。道理で寝息すら聞こえないはずだ。

（どこに行ったんだ……？）

ピエールはよく、夜中にこっそりベッドを抜け出してピアノの練習をしている。

だがミシェルに限ってそんなことをするわけがない。

ピエールがどれだけピアノや勉強に労力を注ぎ込んでいるか、ミシェルは知らない。秀才と呼ばれるレベルを維持するためにピエールは常に努力してきたが、どれだけ頑張ってもミシェルには敵わない。

ミシェルは天才だ。ピエールのように睡眠時間を削ってまで努力をする必要はない――

不意に先ほど見た恐ろしい夢の気配が蘇《よみがえ》る気がして、ピエールはあわてて首を振る。

ミシェルはどこに行ったのだろう。夜中にふと目を覚まし、水でも飲みに厨房へ向かったのだろうか。

探しに行くのも躊躇《ためら》われ、ピエールは自分のベッドに腰を下ろした。

眠気は飛んでしまったが、朝はまだ遠い。しかし今目を瞑《つぶ》れば、夢の続きを見てしまう気がする。

（そう言えば……以前にもこんなことがあったような……）

それはピエールが明かりの消えたこの部屋で、ひとり目を覚ました夜。

いつも静かに寝息を立てていた兄が、いなくなっていた夜。

それは毎日顔を合わせながら、ピエールがミシェルに話しかけることすら出来なくなった最初のころ。

醜い嫉妬心からミシェルが大切にしていたものを奪うきっかけになった記憶だ。

◆◆◆

それは無意識に口を突いて出た言葉だった。

『お前なんか……死んじまえ』

そう囁かれた瞬間のミシェルの顔が、ピエールは今でも忘れられない。

いつもの冷静で大人びた表情が砕け散り、剝き出しになったのは傷付いた子どもの顔。

今にも泣きそうな瞳と、痛みを堪えて引き結ばれた唇が、今もピエールの脳裏に焼きついている。

――あの夜、ピエールは荒れていた。

いつまで経っても伴奏者の交代を認めないミシェルに焦れた父親が、笑いながらピエールに向かってお前が死んでみないかと訊ねてきたからだ。

『……いっそのことお前が死ねば、ミシェルも諦めて他の伴奏者を選ぶ気になるかもしれないな』

『どうだい、ピエール。お前、兄さんと父さんのためだと思って、試しに死んでみないか？』

冗談でも死ねと言われたことに傷ついたのか、父にとっては自分の命よりもミシェルの公演でプロが伴奏を務めることのほうが重要なのだと思い知らされたからなのか。

——あるいは、父が半ば本気でピエールの死を願い始めていることを悟ってしまったからなのか。

確かなことはピエールの命は父にとっては価値がなく、必要ともされていないということだけだ。

ピエールは深く傷ついた。

そして無意識のうちにミシェルにも、同じ傷をつけてやりたいと思ったのかもしれない。

『……なら、いいよ』

震える声で答えたミシェルの表情を見て、ピエールの胸に後悔の波が押し寄せる。

いつもは自分に向けられる好意も悪意も気にも留めないミシェルが、これほど打ちのめされた表情を浮かべたところなど見たことがなかった。

言いすぎたと非を詫《わ》びて、なかったことにしてしまうのが最善だというのはわかっていた。

それでも口を開けなかったのは、ミシェルに対して抱え込んできた負の感情は、自覚していた以上に深刻で、湧き上がる罪悪感や後悔の念に蓋《ふた》をしてしまったからだ。

『ぼくだってお前なんか……お前なんか大嫌いだ！　謝ったって許してやらないからな！』

今にも泣き出しそうなミシェルから、ピエールは無言で目を逸らす。

——ぼくは悪くない。

ピエールは黙って譜面を見つめ、何事もなかったかのように練習を再開する。

——ミシェルと双子でなければよかったのに。

せめて血の繋がらない他人だったなら、これほどまでの嫉妬や苛立ちを感じずに済んだはずだ。

翌日からピエールとミシェルの間の会話は絶えた。

ピエールは一切口を利かず、たまにミシェルから話しかけられても、ほぼ完全に無言で通した。

食事の時も寝る時も、一緒に練習をする時ですら、二人の間に会話はなかった。

そのうちミシェルも諦めたのか、一方的に話しかけるのをやめ、ひとりで舞台に立つようになった。

「ずっと一緒だったのに、さびしくないんですか？」

どこか心配そうなメイドの問いかけに、ピエールは陽気に笑って首を振る。

「正直、肩の荷が下りたよ。あのわがままで偏屈な兄貴の面倒を見なくてすむのはありがたい」

強がり半分、冗談半分で口にした軽口には、思った以上に本音がにじんだ。

「……それに、ミシェルは元々ぼくに甘えすぎだったんだよ。少しは弟離れしてもらわないとね」

以前から仕事が暇なときにピエールの愚痴を聞いていたメイドたちは、なにかと気安い。

長男坊への辛辣《しんらつ》な言い草も、からりと笑って聞き流してくれる。

――そんな中で、背中に突き刺さるような視線を感じて、ピエールは肩越しに振り返った。

茶色の髪をおさげに編んだ少女の後ろ姿が、ドアの向こうに消える。

（……ああ、やっぱりシャルロットだった）

シャルロットはつい最近ダランベール家に来た新顔のメイドだった。

いつもくるくるとよく動く働き者で、素直で、ひたむきで、とてもいい子だ。

——そして、ミシェルと、ミシェルの演奏が大好きだった。

彼女は大好きなミシェルのことを悪く言うピエールに腹が立って仕方がないのだ。

それなのにミシェルは何故か、シャルロットに冷たく当たる。

ミシェルの身を案じ、心配してくれる彼女を気味が悪いといい、メイドを代えてほしいとまで言う。

（あんなに慕われているくせに、なんて贅沢なやつなんだ）

ミシェルは昔からそうだ。彼があまりに無愛想だから、ピエールは不器用な兄が孤立しないように、周囲から憎まれたりしないようにと、ずっと心を砕いてきた。

おかげでピエールはすっかり人と人との調整役が染み付いてしまって、ついつい使用人にまで気を使ってしまうから、どこに行っても気が休まるときがない。

それでも人は、ピエールではなくてミシェルを好きになる。

愛されるのはミシェルで、必要とされるのもミシェル、ピエールは優れた兄のおまけに過ぎない。

じわじわと浸食してくる負の感情は、いつもピエールの心を押し潰している。

ミシェルに謝らなければならないと頭では思っても、どうしても実行に移せない。

その代わりのように、ピエールは一日の大部分をピアノの練習に注ぎ込んだ。

——ミシェルに勝ちたいなんて、大それた望みは持っていない。

ただ少しでもいいから上手くなりたい、周りの人たちからちゃんと見てもらいたいだけだ。

それだけのことが絶望的に難しく、ひとりで弾き続けるピアノは陰鬱な音を吐き出すばかりだった。


ある晩。ふと深夜に目を覚ましたピエールは、ミシェルのベッドが空っぽなことに気づいた。

（どこに行ったんだ……？）

夜中に起きてヴァイオリンの練習？……いや、ミシェルに限ってそんなことはありえない。

だってミシェルはこれ以上、上手くなりたくないのだ。

上達するよりも、ピエールと演奏することのほうを選ぶという。

（……ぼくを見下すのが、そんなに楽しいのかよ）

才能なんかいらないと言われたときの苛立ちを思い出して、あいつには関わらないほうがいいんだと頭から毛布をかぶる。それなのに頭に浮かぶのはミシェルのことばかりだ。

──もしかしたら、仲違いが続いていることが辛《つら》くて、どこかで泣いているのかもしれない。

ピエールは跳ね起きた。

いつもいた場所からミシェルが消えただけで、こんなに不安な気持ちになる。

どんなに嫌っても、避けようとしても、自分とは関係ないと切り捨ててしまうことはできなかった。

（ミシェルを探そう）

ピエールはそっと寝室を滑り出た。

（探して、謝ろう。許してくれるか分からないけど、きちんと謝って元通りの兄弟に戻ろう）

謝罪の言葉を考えながら、できるだけ足音を立てないように階段を下りる。

食堂、厨房、居間、玄関。屋敷の中をぐるりと歩き回っても、ミシェルの姿はどこにもなかった。

「まさか……出ていっちゃったのか？」

ピエールの胸で不安が恐怖に変わりかけたその時。

——みゃあ。

屋敷の外で猫の声がした。

か細い鳴き声に引き寄せられるように、ピエールは庭へ向かった。


「あはは……ダメだよ、そんなに飛び跳ねたら危ないよ」

ミシェルの笑い声だ。

ピエールは庭木の陰に隠れて、そっと様子を窺う。

庭に灯《とも》った明かりを囲むようにして、ミシェルとシャルロットがしゃがみこんでいた。

「みんなに知られたら大変なんだから、そんなにはしゃぐなってば」

ふたりの間を飛び跳ねているのは小さな黒猫だ。

——最近、よく庭で見かけていた、ピエールも頭を撫でたことがある黒い仔猫だった。

「坊ちゃま、あの……わたし、パンを持ってきたんです。クロエちゃんにあげてもいいですか？」

「……うん、いいよ、別に」

シャルロットは嬉しそうに懐から出したパンをちぎって仔猫に与える。

——シャルロットは年が若くて雇われたばかりだという理由で、食事は一日二個のパンだけだ。

その貴重な食事を分け与えているというのに、シャルロットはとても幸福そうに見えた。

「……ふふふ。かわいいですね」

シャルロットが笑う。撫でられた仔猫が甘えたような声で鳴く。

そのやり取りを黙って眺めているだけのミシェルも、穏やかに笑っていた。

（……なんなんだよ……これは……）

小さな明かりの中で、少女や仔猫と一緒に幸せそうに笑うミシェル。

こそこそと真っ暗な物陰に身を隠し、その光景を見つめているだけのピエール。

謝罪しようと思う気持ちは急速にしぼんで、裏切られたという思いだけが膨れあがる。

（ミシェルはぼくのことなんて気に掛けていないんだ。ぼくがいなくったって誰かと楽しく遊んでる。ぼくのことなんてどうだっていいんだ……）

ピエールは逃げるように部屋にもどった。

頭から毛布をかぶると同時に鼻の奥がツンと痛んで、ピエールは唇を噛み、声を殺して泣き続けた。


ミシェルとシャルロットが飼っている小さな野良猫のことを告げると、予想通り、ダランベール氏は烈火のごとく怒り狂い、部屋にシャルロットを呼びつけた。

「ミシェルはヴァイオリニストなんだぞ!?　あの指に傷でもついたら、どれだけの損失になるのか、考えたことはあるのか!!　おまえの食い扶持《ぶち》はどこから出ていると思ってるんだ!?」

優しい紳士だと信じていた主人の激昂《げっこう》に、シャルロットは真っ青になっていた。

水につけるか、絞め殺すかという選択肢を示されたシャルロットは、必死で慈悲を請い、屋敷からは少し離れた山の中に仔猫を捨ててくることを約束した。

ぼろぼろと涙をこぼしながら、捨てに行くために仔猫を呼んでいるシャルロットの様子を眺めながらピエールは、こんな真似をしたって少しも気が晴れないことに気づいた。

（……こんなことがしたいんじゃない。ぼくはただミシェルやシャルロットに、ちゃんとぼくのことを見てほしいだけだ、こんなのちっとも楽しくない）

罪のない仔猫を犠牲にして、シャルロットを泣かせて、ピエールが得たものはなにもなかった。

胸には相変わらず嫉妬と悲しみが澱《よど》んでおり、重ねた罪は心をますます重く軋《きし》ませる。

（……ミシェル、悲しむだろうな……）

きっとミシェルは、いなくなってしまった仔猫のために泣くだろう。

父親に告げ口をした犯人がピエールだと知れば、きっと今以上にピエールを憎むようになるだろう。

ピエールが両手で顔を覆った時、ちりんと小さな鈴の音が聞こえた。

◆◆◆

——ちりん。

ピエールはハッと室内を見回した。

音を立てるようなものは部屋の中には見当たらない。

ピエールは相変わらず真っ暗な室内に一人、取り残されている。

「あの日と……おんなじだ」

黒い仔猫がいなくなった日から、ミシェルはすっかり笑わなくなった。

最近ではひどいスランプに陥ってしまって、音楽界での評価も下がり続けているらしい。

(ぼくのせいだ。ぼくがあんなことさえしなければ……)

あの仔猫がいなくなってから、屋敷は少しずつおかしくなっていた。

シャルロットが老朽化したシャンデリアの下敷きになって事故死したことを皮切りに、父の投資先が次々と倒産したり、使用人が事故で怪我をして辞めていったり……。

投資で損した分を取りもどそうと、父親が前にもましてミシェルを演奏会に出そうとするので、ミシェルはスランプを治す暇もなく、どんどん精彩を失っている。

そういえばピエールと仲のいいメイドは、花が枯れるのが早くなった気がすると言っていた。

朝方に飾った花が、昼食の時間にはもう枯れているらしい。

屋敷を覆う重苦しい空気が、繊細な植物にまで影響を及ぼしているのかもしれない。

(……すぐに謝ればよかったんだ)

そうすれば仲直り出来たかもしれない。少なくとも仔猫が山に捨てられることはなかったはずだし、ミシェルがスランプに陥ることもなかったかもしれない。

すべては今までどおり。周囲の人々はピエールを無視し、父は怒鳴り、ミシェルだけが褒められる。

「……最低だ」

こんなときなのにミシェルのために自分が犠牲になればいいと思えないなんて。

ピエールは自分に幻滅し、双子なのに、どうしてこんなに違うのだろうと悲しく思った。

ミシェルはきっと、こんなみじめな気持ちは味わったことがないに違いない。

つぶやいた声を掻き消すように柱時計の鳴る音がした。

――ボン、ボン、ボン、ボン。

きっかり四つ。午前四時だ。

ピエールは空のベッドに目を向けた。

さすがに遅すぎる。ほとんど乱れていないシーツに手を触れると、すっかり冷え切っていた。

おそらくピエールが起きるずっと前に、ミシェルは部屋を出たのだろう。

もしかすると、何時間も前に出て行ったのかもしれない。

「……こんな夜中に出歩いて。おまえが体調を崩したりしたら、ぼくが父様に怒られるじゃないか？　このままじゃぼくもゆっくり眠れないよ」

ここにはいない片割れに向かって、ピエールは妙に芝居がかった調子でぼやき始めた。

さらに文句を続けようとして、ふと口をつぐみ、ゆっくりと首を横に振る。

「……違う。だって、お前はたったひとりの兄なんだから。心配するに決まってる」

ピエールは燭台を掴《つか》み、見えないなにかに急かされるように部屋を出た。

図書室、厨房、練習室――大切な片割れの姿はどこにも見当たらない。

「もしかしたら、また庭にいるのかな……」

玄関に向かったピエールは、そこに倒れ伏すメイドを見つけ、嫌な予感が確信になったのを悟った。

すぐさま駆け寄って助け起こす。

「おい！　どうした⁉　何があった‼」

「あ……坊ちゃん……ミシェ、坊ちゃ……が……」

ざわりと背筋を悪寒が這《は》いのぼる。

ピエールはメイドが目立った怪我をしていないことを確認すると、まっすぐに父親の部屋に向かった。

真夜中だというのに扉は開け放たれて、室内の明かりが廊下まで漏れている。

「父様……！」

息を切らして部屋に飛び込んだピエールが見たものは、頭から血を流し、床にうずくまって呻《うめ》き声をあげている父親と、その周囲に散らばる破壊されたヴァイオリンの残骸だった。

【第六楽章】

Chloe's Requiem
~infinito~

ミシェルは結局、白猫の死体はそのままにして厨房《ちゅうぼう》の扉に鍵《かぎ》をかけた。


「……ミシェル、すごい汗なの。どこか痛いの？」

厨房から出てきたミシェルの様子がおかしいことに気づいて、クロエが心配そうに訊《たず》ねる。

「大丈夫だよ」

ミシェルは知らないうちに額に浮かんでいた汗を拭《ぬぐ》い、平気な顔を装った。

それから厨房は危険なので入らないようにクロエに言い聞かせる。

――クロエには厨房の中で見つけたあれを見せたくない。

――あれを見たクロエがどんな反応をするのかを考えるのが怖い。

ミシェルにはあれがどんな意図で用意されたものなのか見当もつかない。

ただ、そこに籠《こ》められた生々しい敵意と悪意だけは、ハッキリと感じる。

ミシェルは地下室へと続く扉の前に立ち、鍵を開けた。

鈍い軋《きし》み音を立てて扉が開き、暗闇の中へと下りていく簡素な階段が現れる。

「……楽譜、急いで探さないと」

一階と二階の呪いが解けた後、ミシェルが遭遇した怪異や死霊は、いずれも姿を消していた。

ここにどんな悪意や敵意が存在しているとしても、相手が怪異か亡霊である以上、呪いさえ解ければ生きた人間であるミシェルやクロエに危害を加えることはできないはずだ。

――そのためにも、大急ぎで四番目の楽譜を手に入れなければならない。

ミシェルは覚悟を決めて、地下に向かった。

傾斜のきつい階段を下りて、狭い廊下を歩いていくと、突き当たりに地下へ続くハシゴがある。

ミシェルは燭台をかざして注意深く周囲を照らした。

つい慎重になってしまうのは、ここに来るまでに壁に残った血染めの手形を見つけているからだ。

壁の少し低い場所に残された手のひらの跡は、ミシェルの手よりも一回り小さい。

（……小柄な女の人か……子ども？）

脳裏に浮かんだのは、この館でヴァイオリンを手に入れたときに出会った白い少女だ。

血まみれの大剣を引きずる、顔立ちだけはクロエによく似た白髪の少女。

あの血走った目で睨《にら》まれた瞬間の恐怖を思い出し、ミシェルは思わず身震いする。

気を取り直してハシゴを下りると、そこには石壁の地下階が広がっていた。

通路を進んだ先にはいくつか扉が見えたが、室内に収まりきらなかったらしい木箱や家具類が通路の壁沿いに積み重ねられ、ほぼ地下全体が物置と化している。

「……この中に楽譜があるとしたら、見つけるのは大変そうだな……」

ミシェルはげんなりしながら積み上げられた木箱や使われなくなった家具の残骸を見上げていたが、ふと違和感を覚えて足を止める。

――人の気配がする。ミシェルのすぐ後ろ、すぐそばに。

ミシェルは素早く振り返った。

そこにあるのは所狭しと積み上げられている木箱の山だけで、人が立てるようなスペースなどない。

――気のせいか。

ホッと息を吐いて再び歩き出した途端、また背後に気配を感じた。

自分の足音からほんの少し遅れて別の足音が聞こえる。それなのに振り返ると誰もいない。

じわじわと背筋を這《は》い上がる恐怖と戦いながら歩き続けると、前方でチカリとなにか反射した。

弾かれたように燭台をかざして、光源を確認する。

――蠟燭《ろうそく》の明かりが照らし出したものは、ロココ調の装飾がされた古風な壁掛けの鏡だった。

おそらく上の階で使わなくなったから地下に片付けたのだろう。

無意識のうちに緊張に強張っていた肩の力を抜き、鏡の前を通り過ぎようとしたとき――ミシェルの耳元で、誰かがくすくすと笑った。

「!?」

反射的に振り向いた鏡の中、ミシェルの背後にぴったりと張り付いていた誰かと目が合う。

暗闇の中、白目まで血の色に染まった赤い目が、鏡の中からミシェルを凝視していた。

「……っ！」

ぶわりと全身の肌という肌が粟立《あわだ》つような感覚。しかし、次の瞬間には背後の誰かは忽然《こつぜん》と消えて、鏡の中には青ざめた顔のミシェルひとりが取り残される。

（……落ち着け。落ち着け、落ち着け、落ち着けっ……！）

ミシェルは咽喉《のど》元までこみあげていた悲鳴を力ずくで飲み下し、気力で動悸《どうき》を抑え込む。

（怖気《おじけ》づいてる暇なんかない、早く楽譜を探して、呪いを解かないと……！）

恐怖ですくみそうになる足を励まして、再び前に踏み出した瞬間、タタッ、と明らかに反響ではない軽い足音が後方から近づいてきた。

次々と畳み掛けるように起きる異常な状況に、とうとうミシェルの神経は限界に達した。

追いかけてくる足音を振り切るために、全力で駆け出す。

足音は一瞬だけ遠ざかり、すぐにミシェルを追いかけてきた。

通路の両脇には扉が並んでいる。

ミシェルは手近な扉に片っ端から飛びついたが、どれも鍵が掛かっていて開かない。

もう隠れるつもりはないのか、背後から聞こえる足音は、どんどんミシェルとの距離を縮めてくる。

（開いてくれっ……！）

追跡者は息遣いすら感じられる距離まで近づいていた。縋《すが》るような思いで手を伸ばした扉ノブは、ガチャリと音を立てて回り、あっさりと扉が開く。

ミシェルは地下室のひとつに転がり込んだ。

すぐ後ろ手に扉を閉め、肩で息をしながら、ミシェルは忙《せわ》しなく室内の様子を窺《うかが》う。

そこは予想と違って物置ではなく、きちんと家具が調えられた部屋だった。

楽器をしまうロッカーに、専門書や楽曲集が収められた書棚、壁際に並んだ華やかな舞台衣装。

（……貴族の館で演奏するときに通される控え室と雰囲気が似てる）

そう気づくと同時に、室内の景色が急激に色褪《あ》せ始めた。

「えっ……？」

目に映るすべてのものから色素が抜け落ちて、室内は白と黒の濃淡で塗り分けられる世界に変わる。ミシェルの肌や衣服も同様だ。

「なんだ、これは……？」

冷たい汗が背中を流れ落ちる。

これは自分の目がおかしくなったのか、それとも頭がおかしくなったのか？

『……ま……』

困惑するミシェルの耳が、ノイズ混じりの声を拾った。

室内を見渡すと、ミシェルが入ってきたのと反対側の扉の前、先刻までは確かにいなかったはずの白い人影が立っていた。――女の子だ。

ミシェルは反射的に身構えたが、あちらが襲い掛かってくる気配はない。

顔をうつむかせているせいで表情はわからないが、こちらを見つめる視線だけは痛いほど感じる。

ミシェルはしばし少女と睨み合ったが、このままでは埒《らち》が明かないと、自分から足を踏み出した。

『……ふふ…………』

耳障りなノイズに紛れて聞こえてくるのは、どこかで聞いた覚えのある笑い声だ。

ミシェルは正体不明の焦燥感に襲われながら少女との距離を詰める。

「…………また……」

手を伸ばせばギリギリ届くかもしれない距離まで近づいたところで、少女が口を開いた。

「……また、会えました……ね……」

少女がゆっくりと顔をあげる。

白い前髪の下から現れた、三日月の形に笑う口元と、鏡の中から自分を見ていたのと同じ赤い目。

「なっ……」

一階のギャラリーで襲い掛かってきた少女ではなかった。

身に着けているのは赤と黒のワンピースではなく、古風なメイドのお仕着せだ。

「……どうして……おまえが……」

驚きと恐怖で干上がった咽喉から、ミシェルは声を絞り出す。

「……シャルロット……」

あのとき、確かにシャンデリアの下敷きになって死んだ少女、ミシェルに殺されたはずのメイドは、名を呼ばれて嬉《うれ》しそうに微笑んだ。

「……ミシェル坊ちゃま……」

シャルロットはミシェルを抱きしめようとするかのように、やわらかな胸を開いて腕を差し伸べる。

愛しむように伸ばされた指からは、ナイフのように研ぎ澄まされた長く鋭い爪が伸びていた。

捕まえられるギリギリで、ミシェルは危うく身をかわす。

逃げるミシェルに恨みがましい眼差《まなざ》しを向けて、シャルロットが追いすがった。

鋭い爪がジャケットを引っかけ、すっぱりと切り落とされた裾が、ひらひらと床に落ちる。

ミシェルは部屋の外に飛び出し、扉を楯《たて》にしてシャルロットの抱擁を逃れた。

同時に、室内でシャンデリアの落ちる音と絶叫が――あの日から、悪夢の中で何度も繰り返し聞いたシャルロットの断末魔の叫びがこだまする。

震える手で扉を開けると、室内の風景はモノクロからごく普通の色彩にもどっていた。

部屋の中央には、落下したシャンデリアの残骸と、その下敷きになって絶命しているシャルロットの無惨な亡骸《なきがら》が転がっている。

「……どうしてお前は、こんなところまでついてくるんだ……」

ミシェルはきりきりと痛む胸を押さえて、死んだ少女に呼びかける。

「ぼくは、もう、自分のまわりの何もかもが嫌だった。……だから、逃げたのに……」

パチッと床の上のシャルロットが片目を開けた。

シャルロットの目はきろきろと動いてミシェルの姿をとらえた。唇が三日月の形に笑う。

「無理ですよ。わたしから逃げることなんて、できるわけがありません」

「わたし、ずっとずーっと、どこまでも！　坊ちゃまを追いかけますから！」

ミシェルは呆然《ぼうぜん》とシャンデリアに押し潰《つぶ》されたまましゃべり続けるシャルロットを見下ろす。

シャルロットは、へたくそな操り人形を思わせるぎこちない動きでシャンデリアの下から這い出し、ミシェルの前に立った。

首は直角に折れ、全体の輪郭は異様な形に歪《ゆが》んでいるが、それを気にした様子はない。

「あなたが私を殺した、あの日から」

シャルロットはおかしな方向に折れ曲がった指を胸の前で組み合わせた。わざとらしい上目遣いで、ミシェルを見あげる。

「……全部、見てました。坊ちゃまがここへ来るまでに何をしてきたか……あなたの、すぐ近くで！」

それがなにを意味するのかを悟って、ミシェルは愕然《がくぜん》と死んだ少女を見つめた。

◆◆◆

――シャルロットが事故で死んだ翌日から、ミシェルの周囲を白い猫がうろつくようになった。

演奏会の会場、街中、自宅の庭、そして部屋の中にまで、何処にいても白い猫を見かける。

白い猫は鳴き声をあげることもなく、ただ黙ってミシェルを見つめるだけ。

その無機質な視線が、どこか自分を咎《とが》めているように感じられて、ミシェルは机の上に置かれていたペーパーナイフを手に取り、ためらいもせずに白い猫の体に突き立てる。

白い猫は逃げようとするそぶりも見せず、悲鳴すらあげずに死んでしまった。

――その日から、白い猫を殺すのがミシェルの日課になった。

殺しても殺しても新しい白い猫が現れて、物言わず、ただミシェルを責めるような目で見つめる。

毎日のように開かれる演奏会、うすっぺらな観客、有力者に媚《こ》びへつらう父親の笑い声。

いくら呼びかけてもピエールは答えず、寝るときや食事時以外は、ずっと練習室に籠もっている。

（……ぼくと同じ部屋の空気を吸うのが嫌なのかもしれない）

そう思いついてしまってからは、怖くて声をかけることすらできなくなった。

――これ以上、ピエールに嫌われたくない。

演奏会場に向かう馬車の中、車輪の音に耳を傾けながら、ミシェルは静かに祈りを捧げる。

この先、二度と伴奏してもらえなかったとしても決して文句なんか言わない。

ピエールがミシェルと話をするのも嫌だというなら二度と声をかけたりしない。

（……だから、せめてピエールの家族でい続けることだけは許してほしい）

最後の願いを胸の中でつぶやいて、また目を開けると、足元に白い猫が座っていた。

いつもと同じ、染みひとつない純白の毛皮に、瞳《ひとみ》は茶色と淡褐色の色違い《オッドアイ》。

「ああ、そうか……どこかで見覚えがあると思ったら、シャルロットと同じ目の色だったんだ」

ミシェルは淡い微笑みを浮かべてペーパーナイフを取り出す。

ただミシェルに殺されるためだけに、目の前に現れる白い猫。

「……そうだよな、殺すなんて、別に大したことじゃない。悩む必要なんて、ないんだ」

曇りひとつない刃が白い猫の心臓を刺し貫く。

彼らを殺すたびに気持ちが楽になっていた理由を、ミシェルは今ようやく理解できた気がした。

それからもミシェルの『日課』は続いた。

白猫は場所を選ばず姿を現し、ミシェルは機械的にナイフを振るった。

何処で殺そうと、次に見たときには死体は消えていたが、ミシェルは野犬が持っていくか、メイドが片付けているのだろうと考えて、気にも留めなかった。

——その夜も、ミシェルはベッドには入ったが寝付けず、こっそりとベッドを抜け出した。

同じ部屋で眠る弟は、今日も練習室に籠もって弾き続けていたせいか、ぐっすり眠っているようだ。

ミシェルはピエールの肩に毛布を掛け直し、弟の安眠を妨げないように気をつけながら部屋を出る。

庭に出ると月明かりの下、やはり白い猫が待っていた。

ミシェルはすでに体に染み付いた機械的な動作で、次々と目の前に現れる白猫を殺し始める。

——やがて、自分が解体しているのが何十四目か、それとも何百匹目か、わからなくなったところに耳障りな怒声が響いた。

「明日も演奏会はあるというのに、こんな時間に何をやっているんだ!!」

ぐいと腕をつかまれて、ミシェルはナイフを振るう手を止めた。

——父親だ。ミシェルは乱暴に腕をつかまれて、力ずくで庭から連れ出される。

(……ああ、やっぱり『殺す』っていうのは大したことじゃないんだ)

その証拠に父親は、地面を埋め尽くしている白猫の死体にも、猫の血で汚れた自分の手にも、少しも注意を払わない——まるで白猫たちが、ミシェルにしか見えない幻かなにかのように。

父親はミシェルを引きずりながら自分の部屋にもどった。

一流の演奏者としての心構えだの、家を支える責任だの、ミシェルにとっては何の価値もない説教は右から左に聞き流して、ミシェルは傍らのテーブルに目を向け、眉《まゆ》を顰《ひそ》める。

部屋の中央に陣取った大きなテーブルの上には、明日の演奏会のために用意されたヴァイオリンと、細々《こまごま》と積み上げられた金貨と銀貨の山がある。

どうやらミシェルの生物学上の父親は、こんな時刻まで金勘定に精を出していたらしい。

（……汚らわしい）

じわじわと吐き気がこみあげてきた。

ミシェルの右手は無意識に救いを求めて懐のペーパーナイフを探す。

さっきまで白猫たちを殺すのに十分に役に立ってくれたはずのナイフは、何故か忽然と消えていた。

すうっと血の気が引く感覚に、思わず周囲を見回した瞬間、

「――おいっ！　ちゃんと聞いているのか⁉」

ミシェルは父親が自分の襟首をつかみ、憤怒の形相でわめき散らしていることに気がついた。

「まったく、いつまでもスランプだのなんだのと、甘えたことを言ってるんじゃない！　メイドや猫が死んだからなんだというんだ⁉　ヴァイオリンを弾けないお前に何の価値がある‼　つまらんことに気を取られていると、そのうち、何処からも招待していただけなくなってしまうんだぞ‼」

――じわり。

ミシェルの視界があざやかな赤色に侵食された。意識が支配され、やがて一色で染め上げられる。

耳を塞《ふさ》ぎたくなるような暴言を吐き散らす父親に向かって、ミシェルはニッコリと微笑んだ。

父親は思わず度肝を抜かれたように言葉を失う。

次の瞬間、ミシェルはテーブルの上に置かれていた最高級ヴァイオリンのケースを手に取り、

全力で父親の即頭部を殴りつけた。たくましい長身が、床の上に転がる。

実の息子に暴力を振るわれるとは微塵《みじん》も思っていなかったらしい父親は、愕然とミシェルを見上げ、それからあわてふためいて意味のわからないことをわめき散らし始めた。

ミシェルは微《かす》かに眉根を寄せて、再び父親を殴りつける。

「うるさいな、ピエールが起きたらどうするんだ」

ミシェルは続けて数度、父親の頭上にヴァイオリンケースを叩《たた》きつけ、やがて父親が静かになると、満足げに笑い、壊れたケースと中身を床の上に投げ捨てた。

（……そうか、もっと早くこうすればよかったんだな）

ヴァイオリンと父親と。

見事に壊れた大嫌いなものふたつを見下ろし、ミシェルは晴れやかに笑った。

白猫を殺したときとは比べ物にならない爽快《そうかい》感だった。

ミシェルは上機嫌で衣服を整え、テーブルの上にあった父親の財布をつかんで外へ向かう。

「坊ちゃん、今の音は……」

騒ぎを聞いて起きてきた耳のいいメイドが、玄関ホールでミシェルを呼び止めた。

ミシェルはメイドの問いには答えず、扉を開ける。

気持ちのいい夜風が部屋の中に流れ込んできた。

「ちょ、ちょっと！　いけません、子どもがこんな時間に出かけるだなんて！」

メイドはあわててミシェルの腕をつかみ、屋敷の中に引きもどそうとする。

「こらっ！　ミシェル坊ちゃん！　旦那《だんな》様にお伝えしますから……」

ミシェルはメイドを殴って気絶させ、そのまま家を飛び出した。

そのまま通りかかった辻《つじ》馬車に乗り込んで、逃げ出したのだ――自分を取り巻く世界そのもののから。

◆◆◆

「――ねえ。本当に逃げられると思ったんですか？」

ごぼりとあふれた血の泡と一緒に、嘲《あざけ》るような問いかけが、シャルロットの口からこぼれ落ちる。

「あの父親が、あの程度で考えを改めるはずないでしょう？　本当に自由になりたければ、殺さないといけなかったんですよ、坊ちゃま。わたしみたいに」

シャルロットがおかしくてたまらないといった様子でけらけらと笑う。

笑いすぎた拍子に、がくん！　と仰のいて真後ろに折れた首を、シャルロットは自分の手で支えて、元の位置にもどした。

「目を覚ましたピエール坊ちゃまは、さぞやびっくりするでしょうね。ずっと自分を苦しめてきた兄が父親に対して恩を仇《あだ》で返して……挙句の果てに、罪のないメイドまで傷つけて逃亡、だなんて」

滴るような悪意を湛《たた》えた真っ赤な目が、ずいっとミシェルの顔を覗《のぞ》き込む。

「ピエール坊ちゃまは、こんなひどいことをしたあなたを、きっと、もう二度と許してくれませんよ。ダランベールの家名を穢《けが》す罪人、自分の人生を壊した敵として、死ぬまで恨み続けるでしょうね……」

ミシェルは自分の顔を間近に覗き込んでくる死者の顔を正面から見つめ返した。

「……お前は、誰なんだ？」

「えっ？」

「シャルロットはあいつのことを『父親』なんて呼ばない。クロエを山に捨てさせられた後も、ずっと旦那様って呼んでた……死ぬまで感謝し続けてたんだ」

安い賃金でこき使えるからという理由で、十三歳の少女を使用人として雇い入れたミシェルの父を、シャルロットはお優しい旦那様、命の恩人だと言っていた。

一日に二個もパンが食べられる上に、冷たい床で寝なくてもいい、夢のような暮らしを与えてくれる神様のような人なのだと、心の底から信じていた。

（……シャルロットが嫌いだった。どこに行ってもついてきて、しつこくつきまとって、ぼくのことはなにひとつわかってないくせに一番の理解者みたいな顔をして、ピエールのことを貶《けな》して……）

それでもきっと、彼女は悪意でミシェルを傷つけたりはしないという確信がある。

シャルロットは嫌いだったけれど、目の前のこれを本物だと信じたら、いくらなんでも可哀想だ。

「もう一度だけ聞くぞ。お前は誰だ。どうしてシャルロットの姿をしている」

「――わたしがシャルロットの姿をしているのは、シャルロットが、あなたの憎しみを育てた元凶に、最も近しい存在だったからですわ、ミシェル坊ちゃま」

シャルロットは――否、シャルロットの顔をしたなにかは、優雅に微笑んだ。

ざわりとミシェルの胸が波立つ。

「ぼくの……憎しみ……？」

「あなたはシャルロットが嫌いだった。彼女はあなたに心酔し、あなたの才能を大切に思い、あなたの演奏を愛し、あなたにつきまとい、そして、あなたの弟はあなたの邪魔になると思っていたから」

ミシェルは絶句した。なにかはミシェルの反応など気に留めた様子もない。

「……あなたは自分とピエールの間には、なんの差もないと思い込みたかった。誰もが羨《うらや》んだ才能は、あなたにとっては弟と自分を引き離す障害であり、あなたの幸福には一番いらないものだった」

これまで誰にも打ち明けたことのない心のうちを暴かれて、ミシェルはごくりと咽喉を鳴らす。

「彼女は、あなたが最も憎んだものを、この世で最も尊いと思っていた。だから彼女があなたのためによかれと思って口にした言葉は、あなたを追い詰め、絶望させるばかりだった……そうでしょう？」

「……確かにぼくはシャルロットも父親も嫌いだったけど、だからって憎んでいるとまでは……」

「違いますよ」

シャルロットの姿をしたなにかは、楽しくてたまらないという顔をしている。

「あなたが、この世の誰よりも憎悪しているのは、ミシェル・ダランベール……あなた自身、そして、あなたの圧倒的な才能の象徴であるヴァイオリンという楽器そのものでしょう？」

ミシェルは殴られたような衝撃を受けてよろめき、壁に背中を預けて踏み止まった。

干上がった咽喉がひゅうひゅうと鳴るのを抑えて顔をあげ、目の前の少女をしっかりと見据える。

「……お前は、誰だ？」

「強すぎる憎悪は呪いとなって自我をもち、宿主の心を喰《く》らい、その肉体を支配してしまう……自分とは無関係なおとぎ話だとでも思っていましたか？　こんなにも強くて深い憎悪を抱えていたくせに」

少女は呆《あき》れたように笑ってミシェルを見やった。

血に濡《ぬ》れた赤い眼球は、限りない悪意と憎悪と嘲りを湛えている。

「……本当は、もうとっくに気づいてるんでしょう？　わたしは、ミシェル坊ちゃま……あなたの憎悪から生まれた、呪いですわ」

◆◆◆

「……ミシェル？」

気遣うような優しい声で呼ばれて、ミシェルは我に返った。

いつの間にか、落ちたシャンデリアも死んだメイドも目の前から消えて、クロエが立っている。

「ミシェル、悲しそうな顔をしてるの」

まっすぐに自分に向けられた視線の清潔さにミシェルはたじろぎ、震える声で答える。

「……ぼくには、クロエを救うなんて言う資格はないんだ……」

強すぎる憎悪が形となって現れたものが呪いだと、ミシェルに楽譜を託したメイドは言った。

きっと館を訪れる以前から、ミシェルは呪われていたのだろう。

――大人の言うなりになるしかない未熟さを、自分を救ってくれたクロエさえ守れなかった弱さを、弟を傷つけていたことに気づけなかった愚かさを、ミシェルはずっとずっと憎んできたからだ。

「今まで、いろいろと、つらくて。どうしたらいいかわかんなくなって……何もかも嫌になって……」

ミシェルは声を詰まらせた。堪え切れなかった涙がぱたぱたとこぼれる。

「……二度と、取り返しのつかないひどいことをして、逃げたんだ。逃げ出して、ここに着いた」

ミシェルはその場にしゃがみこみ、膝《ひざ》に顔を伏せて目を瞑《つぶ》る。

「自分で、自分が、嫌いになるようなこと、たくさん、してきたから、ぼくの憎悪が、呪いになって、でも、クロエには、知られたくなくて、ぼくが、最低の人間、だって……」

しゃくりあげるミシェルの頭に小さな手が触れた。

小さな子どもを慰めるような手の動きに、また涙があふれて止まらなくなる。

「……ぼくの演奏が、天才だからじゃ、なくて、ぼくの演奏だから、好き、だって……そんなふうに、言ってくれたの、クロエだけ、だったから……！」

血の繋《つな》がった父親ですら、ヴァイオリンを弾けない自分には価値がないと言い切った。

そんなことはミシェル自身が一番よくわかっている。

でもクロエはそんな欠陥品のミシェルを普通の人間として扱ってくれたのだ。

「……知ってたわ」

ぽつりと。頭の上でつぶやかれた言葉に、ミシェルは泣くのをやめて、顔をあげた。

クロエはミシェルの傍らにしゃがみこみ、あの大人びた表情でミシェルを見つめていた。

「今夜、ピアノの前でミシェルに会ったときから、ミシェルも呪われてるってわかってたの。クロエ、そういうのわかるの」

クロエは寂しそうに微笑んだ。紫の瞳が煙るような悲しみを湛える。

「ミシェルがどうして自分をそんなに嫌いになっちゃったのか、クロエにはわからないけど、それでもクロエはミシェルが好きよ」

「……わかんないな。だって、ぼくは、きみのために、なんにもしてあげられてない」

「ううん、してくれたの。ミシェルは忘れちゃったかもしれないけど、クロエ、ちゃんと覚えてるから」

クロエは夢見るような微笑みを浮かべた。

「……ミシェルは、クロエが呪われてるってわかってても、クロエを助けるために頑張ってくれたでしょう？　だからクロエもね、ミシェルの呪いを解いてあげたいの。ふたりで呪いを終わらせられたら嬉しいの」

ミシェルは呆然とひとつ年下の少女の笑顔を見つめた。

「……そうなんだ」

「そうよ」

「だとしたら、今のぼくがやることは、ひとつだけかな」

ミシェルは涙に濡れた顔を袖《そで》で乱暴に拭うと、すっくと立ち上がった。

それからきょとんとした顔で自分を見上げているクロエに向かって手を差し伸べる。

「楽譜を見つけて、この館の呪いを解こう。それ以外のことは……館の呪いを解いてから考えよう」

館の呪いさえ解くことができれば、少なくともクロエを館の外に連れ出せる。

目の前の少女を救うことで、自分の過去の罪が贖《あがな》えるとは思わないし、薄幸の少女を救い出すというヒロイックな使命感や騎士道精神に酔っているわけでもない――自分にはそんな資格がない。

「きっとぼくは、こんな薄暗い場所じゃなくて、太陽の下で笑ってるクロエが見たいんだと思う」

クロエは目をパチクリさせてミシェルを見つめた。

それから嬉しそうに笑って、差し伸べられた手をしっかりと握り返す。

手のひらから伝わる優しい体温は、ほんのわずかだがミシェルの気持ちを軽くしてくれた。

【間奏曲6～あるいは変奏曲2～】

ダランベール邸の古い柱時計が、規則正しく午前五時の鐘を鳴らした。

窓から見える夜明け前の空からは星が消えて、まだ明け方というよりは真夜中の色に近い。

通報を受けてダランベール邸を訪れたパリ警視庁の捜査官は、重いため息を吐《つ》いた。

――子どもが実の親を傷つけて逃亡――実にやりきれない事件だ。

先行して捜査に当たっていた部下からの報告を受けながら、頭の中で事件の概要を整理する。

今夜、この家で傷害事件が発生した。

加害者は十二歳の少年ミシェル・ダランベール、この家の長男だ。

被害者は少年の父親と、この家に勤めているメイド一名の計二名。

ミシェル少年は未《いま》だ逃亡中で、パリ警視庁でも行方はつかめていなかった。

「被害者のダランベール氏の怪我の状態はどうだ？」

「打撲と頭部の軽い裂傷程度で、骨や臓器には異状ないようです。――ただ、実の息子に襲われたのが相当ショックだったらしく、錯乱状態がひどくて、まだ話が聞けないようですね」

「もうひとりの被害者はどうしてる？」

「ああ、メイドのほうですか？」

部下が苦笑した。

「こっちはミシェルに気絶させられたとき、壁に頭をぶつけてこぶができた程度だそうです。あちらで聴取を受けながら、我々のためにお茶を入れてくれてますよ」

第二の被害者は気丈な性質《たち》なのか、捜査官たちの質問にはきはきと答えていた。

「……ミシェル坊ちゃんは最近、少し様子がおかしかったんです」

「というと?」

「庭に白い猫がいるって言うんですけど、あたしたち、誰もその猫を見てないんです」

「ああ、白い猫の話ならあっしも聞きましたよ。坊ちゃんが庭で遊んでいらっしゃったときに……」

この下男は、ミシェルが裏庭で穴を掘っているところに行き合わせたという。

「なにをしているのかと聞いたら坊ちゃんは『白猫を埋めている』って言うんですよ。でも穴の中にはそこらへんで摘んできたような白い花が入ってるだけで……」

少年が天才的なヴァイオリニストだというのは、この家の使用人全員が知っていた。だから下男は、やはり芸術家というヤツは、庶民には理解できない遊びをするものだなあと思って、それっきり忘れていたそうだ。

使用人たちの聴取をしていた部下が、露骨に顔をしかめる。

「……十二のガキが幻覚を見た挙句に親父をぶん殴って家出だなんて、まったく世も末……」

「おい」

捜査官に鋭くさえぎられて、部下はあわてて口をつぐむ。

居間のソファに腰掛けていた少年が、自分の言葉を聞いているのに気づいたからだ。

「……ぼくのせいだ」

被害者のもうひとりの息子であり、加害者の双子の弟でもあるピエール・ダランベールは、メイドに付き添われながら、真っ青な顔でつぶやいた。

「刑事さん、ミシェルは、ぼくのせいで追い詰められて、だからこんなこと……ミシェルは、ほんとはこんなことをするやつじゃなくて……」

捜査官の目から見ても、ピエールは随分と消耗しているようだった。

頭にこぶを作ったメイドに付き添われている姿など、どちらが怪我人かわからない。

ピエールは膝の上で拳《こぶし》を握り、思いつめた顔で捜査官を仰ぎ見る。

「……あの、やっぱりぼくもミシェルを探しに……」

「だからダメだと言ってるだろう。こんな時間に子ども一人じゃ危険だ」

「……だ、だって！」

ピエールは思いあまったように捜査官に詰め寄った。

「じゃあ、ミシェルは一体いつ見つかるんですか!?　ミシェルは無事なんですか!?　怪我したり、危険な目に遭ったり……」

目の縁にたまっていた涙が、ぽたぽたとこぼれ落ちる。

「……あのっ、ミシェルは生きてますよね!?　もしあいつに万が一のことがあったらぼくは……！」

「落ち着きなさい。その万が一のことがないように、こうしてるんだから」

捜査官がなだめるように肩に手を置くと、ピエールは取り乱した自分を恥じるようにうつむいた。

「はい……」

ピエールはしょんぼりと肩を落としてソファにもどり、兄の無事を祈り始めた。

まだ十二歳の子どもなのだ、この状況では取り乱すのも無理はない。

大人たちがピエールに同情の目を向ける中、目撃証言を集めに行っていた部下がもどって来た。

「目撃者が発見されました。屋敷の前で加害者を拾った御者の証言が取れたそうです」

朗報だ。それなのに部下の表情が曇っていることに、捜査官は首をかしげる。

「こいつは酒場で呑《の》んだくれていたらしくて、猫がどうとか、証言に一部、不明瞭《ふめいりょう》な点はありますが、どうやら加害者が、殺人事件の現場となった貴族の館に入っていったことは確かなようです」

「……貴族の、殺人事件だって？」

並べられた単語に嫌な記憶を刺激され、捜査官が思わず呻《うめ》くような声をもらす。

部下は、どこか申し訳なさそうな風情で報告を続けた。

「――本件の加害者であるミシェル・ダランベール少年は、作曲家アラン・アルデンヌ氏の館の門前で辻馬車を降り、館に入っていった模様です」

報告を聞いた捜査官たちの間には異様な沈黙が落ち、使用人たちは困惑の表情で周囲を見回す。

――だから、アラン・アルデンヌという名前を耳にした瞬間、それまで一心に兄の無事を祈っていたピエールが愕然と目を見開き、こっそりと居間を抜け出したことには、誰も気づかなかった。

◆◆◆

ピエールがアラン・アルデンヌと面識があったことを知る者は、当事者同士の外に誰もいない。

出会ったきっかけは完全に偶然の賜物《たまもの》だったが、アランはピアニストとしては秀才どまりでしかないピエールを無視したり、蔑んだりはせず、対等な友人のように会話してくれた。

あの有名なアラン・アルデンヌと面識ができたと言えば、俗物っぽいところのある父は、間違いなく大喜びでピエールを褒めてくれたはずだ。

しかしピエールはアランとの邂逅《かいこう》を誰にも語らず、秘密のままにしておいた。

それはアランと交わした会話の内容が、『言葉を交わした』だの『親しくなった』だのという平和で穏やかな言葉でまとめるには、あまりにも異常すぎるものだったからだ。

『――ミシェル・ダランベールが君の前から消えてしまえば、万事解決ではないのかね?』

それは彼と言葉を交わした日、ピエールが実際にアランの口から聞いた言葉だった。

アランがその一言を、ためらいも気負いも芝居がかった仕草もなしに口にしたことで、ピエールは、目の前の男が人間ではなく、人の姿をした怪物なんだと気づくことができた。

――そうでなければ今夜、事件を起こして家を出ていたのは、ミシェルではなくピエールだったかもしれない。

◆◆◆

ミシェルの伴奏者を降りた後、ピエールは一度だけ、ミシェルの演奏会に同行するようにと父親から命じられたことがある。

その日の招待主は高名な作曲家だった。

アラン・アルデンヌ――この国の権力者にも影響力を持つと噂される異才だ。

そんな人物の館で開かれる演奏会で問題を起こせば、ミシェルは誰からも招かれなくなるどころか、パリの音楽界から永久追放される可能性もある――と父は考えていた。

「いいか、この役立たず。お前はミシェルが演奏会が始まる前に逃げ出したりしないように監視しろ。いくら無知で無能な無駄飯食いのお前でも、その程度の仕事はできるだろう」

「……はい、父様」

演奏会でミシェルの伴奏者を務めるのは、ミシェルやピエールより少し年下の女の子だった。人形のように可愛らしくて、ピアノだってピエールよりもずっと上手に弾ける。

不思議なもので、以前はあんなに代わってほしいと願っていたのに、実際にミシェルが他の演奏者と演奏しているのを見ると、ピエールは居場所を奪われたような複雑な気分になった。

(ぼくは、なんて身勝手なんだろう)

ピエールはいたたまれない気分になり、リハーサルが始まると同時にその場から抜け出した。

よく手入れされた庭をぼんやりとうろついていると、微かな鈴の音が聞こえた。

ピエールはきょろきょろとあたりを見回して、ちょうど白い花をつけた植え込みの陰から這い出した黒猫を見つけた。

黒猫はピエールと目が合うと、しなやかな尻尾《しっぽ》をピンと立て、こちらに近づいてくる。

（……ちょっとミシェルが可愛がってた仔猫《こねこ》に似てるな）

ピエールはおそるおそる手を伸ばし、黒猫の頭を撫《な》でてみた。

黒猫は会ったばかりのピエールに触られても逃げず、ころころと咽喉を鳴らし始めた。

更には『もっと撫でろ』とでもいうように、丸い頭をぐりぐりと手のひらに押し付けてくる。

ピエールはずっと抱えていた胸の痛みが不思議と薄れていくのを感じた。


黒猫と遊び始めて一時間ほど経ったころ、ピエールは庭木を揺らす音に気づいた。

密生した枝葉が擦《こす》れ合う音は、少しずつこちらに近づいているようだ。

すると、それまでピエールに腹を見せて転がっていた黒猫が、弾かれたように飛び起きた。

さっきまでの緩みきった甘えぶりが嘘のように、黒猫は身を低くして、植え込みに隠れてしまう。

黒猫が姿を隠したのと入れ違いに、庭木の間から背の高い中年男が現れた。

男はピエールに気づくと、微かに乱れた灰色の髪を軽く撫で付けながら訊ねる。

「きみ、こちらに黒い猫が来なかったか？」

「猫ですか？」

がさりと茂みを掻《か》き分けて近づいてきた男の手には、鈍く光る鉈《なた》が握られていた。

男はピエールの顔から血の気が引いたことにも気づかず、神経質そうにあたりを見回す。

「ああ、庭に迷い込んだ黒猫がいてな。早急に処分しなければいけないのだよ」

ピエールは背後の植え込みに隠れた黒猫の存在を、痛いほど感じた。

急激に脈拍が速まり、背中にじわりと冷たい汗がにじむ。

（ぼくが守ってあげなきゃ）

ピエールは汗をかいた手のひらを握り、目の前の男に視線を据える。

（これはきっとチャンスなんだ。ミシェルの大切な仔猫を死なせてしまったぼくに、神様が罪滅ぼしの機会を与えてくださったに違いない）

ピエールはゆっくりと息を吸って吐き、それから生真面目な表情を作って周囲を見渡す。

「……うーん、このあたりにはいないようですね。よろしければ、探すのをお手伝いしましょうか？」

男はピエールの思いがけない申し出に感謝し、ふたりは肩を並べて庭を歩き始めた。

「……しかし野良猫どもには本当に手を焼きますね。ぼくの友人も可愛がっていたカナリヤを獲られて半狂乱になっていましたが……」

男を黒猫の隠れた植え込みから引き離すために、ピエールは長年の調整役暮らしの中で不本意ながら身についた社交スキルを発揮して、男に話しかける。

「手間と時間を掛けて育てたものを損なわれるのは耐え難いだろうな、きみの友人に共感する」

「こちらのお屋敷でも猫の被害が？」

「ああ、あの黒猫は、私の生涯の最高傑作となる曲を完成させる邪魔になっていてね。放置しておけば作品の完成が遅れるどころか、十年以上をかけた私の努力が水の泡になるかもしれん」

「曲……？」

そこでピエールは、この男が館の主、アラン・アルデンヌだということに気づいた。

言葉を交わすうちにアランもピエールがミシェルの兄弟だと気づき、興味を抱いたようだ。

あっさりと黒猫探しを中断し、呼び鈴を鳴らして、中庭に二人分の紅茶を持ってくるように命じる。

ピエールは中庭に置かれた瀟洒《しょうしゃ》なテーブルを挟んでアランと向き合った。

アラン・アルデンヌという人物は、およそ音楽に関係のある分野については驚くような知識と見識を披露してみせる天才だったが、自分の音楽と無関係なものには一切興味を示さなかった。

話題は国内外の作曲家たちが発表した曲の評価から、新大陸の原住民が作る伝統楽器の可能性にまで広がったが、二杯目の紅茶が冷めるころに、アランは自分の思い出を語り始めた。

「——学生時代、私には兄弟のように親しくしていた友人がいてね」

彼はアランと違って貧しい家の生まれだったという。

しかし、彼は作曲については、アランさえ圧倒する天性の才能があり、とある音楽家の内弟子として無償でアランと同じ音楽の名門校で学んでいたのだ。

「……しかし彼はある日、なにもかも失った。彼が作った楽曲を、彼が師事していた音楽家が盗作し、自分の作品として発表したからだ。彼は自分の作品を取り返そうとしたが、逆に師の曲を盗もうとした恥知らずと糾弾され、放校処分を受けることになった」

「そんなひどいことが……」

「残念だが芸術の世界ではよくあることだ。当時、スランプに悩まされていた私が友人の窮状を知って保護したときには、友人は絶望から病の床につき、自力では起き上がれないほど衰弱していた」

信じて師事してきた音楽家にも、同じ師の下で学んでいた仲間たちからも裏切られ、アランの友人は完全に生きる気力を失ってしまった。

「……当時の私は、まだ父の庇護《ひご》下にある一学生に過ぎなかったからね。友人の汚名をすすぐことも、薄汚い裏切り者に一矢報いてやることもできなかった」

自分には死の床にある友人のために、なにひとつしてやれることがない。

アランが己の無力を嘆くのを見て、それまで完全に生ける屍《しかばね》と化していた友人が、口を開いた。

『きみの手を借りるつもりはないよ。ぼくは、ぼくの〝呪い〟で彼らを滅ぼす。ぼくを裏切った人間はひとり残らず〝呪い〟によって命を落とすだろう』

――ここでアランは話を区切り、じっとピエールの反応を待った。

ピエールは予想外の急展開に呆然としていたが、すぐに我に返って疑問を口にする。

「ええと、呪いっていうのはなんです？　ご友人は魔女の末裔《まつえい》か何かだったんですか？　呪いの人形や悪魔を呼び出す魔法陣を使って復讐《ふくしゅう》するつもりだったとか？」

だとしたらアランの友人は、絶望が限界を超えたせいで正気を失ったのだとしか思えない。

しかしピエールの反応はアランの予想通りだったらしい。

アランは骨ばった長い指と指を組み合わせ、遠くを見るように目を細める。

「現実の〝呪い〟というのは、杖《つえ》を持った老婆が呪文《じゅもん》を唱えてかけるものではない。本当の〝呪い〟は生きた人間の心が生み出すものなのだ」

アランの友人は、あまりに強い憎悪を抱き続けると、それはやがて〝呪い〟になるのだと言った。

「人の憎悪から生まれた〝呪い〟は、大きくなるにつれて自我を持つようになり、宿主の心身を蝕《むしば》む。私は友人が絶望から妄想を抱くようになったのだと思っていた――この目で見るまでは」

ある日、アランが様子を見に行くと、友人は忽然とベッドから消えていた。

――ひとりでは起き上がることすらできない状態だったはずだ。

屋敷の使用人総出で周囲を探させていたアランは、ふと友人が語った〝呪い〟の話を思い出した。

そんな馬鹿なと思いつつ、どうしてもただの妄言と笑い飛ばすことのできなかったアランは、かつて友人が師事していた音楽家の屋敷に向かい、そこで本物の〝呪い〟を見た。

「……屋敷の中はすでに血の海だった。〝呪い〟に中身を喰らい尽くされた友人の肉体は、わきあがる衝動に突き動かされるままに、かつて自分が師事した音楽家と家族を惨殺し、同門だった貴族の師弟を皆殺しにした後、私の目の前で笑いながら自分の咽喉を掻っ切って絶命した」

重苦しい沈黙が中庭に落ちる。

ピエールは目を閉じて空を仰ぐアランの様子を見て、思わず胸を痛めた。

「……あの、ご友人を救えなかったのはつらかったと思うし、悲しむのは当然だと思いますが、でも、アランさんが自分自身を責めるのは、違うと思います。ご友人も、そんなことは望まないと……」

ピエールの慰めに、アランは愉快そうに笑い出した。

「私が悲しむ？　どうしてかね？　きみは友人を哀れんだんだろうが、それはとんでもない間違いだ。ああ、きみにも見せてやりたかったよ。〝呪い〟に支配された友人の肉体がどれほど美しかったか！　どれだけ機敏に逃げ惑う獲物を捕らえ、痩《や》せ細った腕で軽々と裏切り者の四肢を引きちぎったかを！」

ぽかんと口を開けたピエールに、アランは〝呪い〟に蝕まれた人間が、どれだけ凄《すさ》まじい力を持ち、どれだけ素晴らしい存在に生まれ変わるかを、熱っぽく語った。

「――私は、その時の友人の姿にインスピレーションを得て曲を書き、それは世界中から絶賛された。私は〝呪い〟そのものに魅せられ、自分から呪われた人々を捜し求めるようになったのだよ」

アランは今日までの人生で、数多くの呪われた人々を見てきた。

彼らは〝呪い〟に身も心も蝕まれ、破滅していく過程で、老若男女の別なく、美しい旋律をアランに聞かせてくれた。

アランはそれを天啓として多くの曲を書き、現在の地位を築き上げたという。

「……しかし、やはり私が自分の人生で最初に出会った〝呪い〟……友人から得た曲を超える旋律にはどうしても出会えなくてね……未だに道の途中というわけだ」

ここまで話を聞いて、ピエールは疑問を口にせずにはいられなかった。

「あなたは、今まで自分が出会った人たちが〝呪い〟を抱えていることに気づいたんですよね？」

「そのとおりだ。彼らは独特の輝きを持っているからね」

「気づいていたのに……助けることはできなかったんですか？」

アランは熱の感じられない眼差しでピエールを眺めやる。

その表情を見て、ピエールはもうひとつの疑問は口にせずに呑みこんだ。

（……呪われた人間って、ただ普通に生活してるだけで、そんなに頻繁に会えるようなものなのか？）

絶望し、自分自身すら滅ぼす強い憎悪を身のうちに抱いて〝呪い〟に変えてしまう人々。

いくら自分から捜し求めているとはいっても、そんな人間が次から次へとアランの前に現れるなんて都合のいいことが起こり得るのだろうか？

それよりは、目の前の男が〝呪い〟とやらを作り出すために、何十人、あるいは何百人という人々を故意に破滅させてきたと考えたほうが、よほど理に適《かな》っている。

アランはピエールの質問には答えないまま、すっかり冷めたカップに口をつけた。

それから、ここからが本題だというように、軽くテーブルの上に半身を乗り出す。

「――先ほど話したが、私は現在、生涯の最高傑作を作っている最中だ。今回の素材は、私が生涯で最も愛した人物であり、彼女が友人を殺した〝呪い〟を超える傑作になることは間違いない」

不意にピエールの脳裏に、今日の演奏会の招待状に書かれていた一文がよみがえる。

目の前の男は『クロエのレクイエム』という曲を作っている最中だと言っていた。

（……確か、今度の演奏会でミシェルの伴奏を務めるはずの、この人の娘の名前は……）

それが意味するところを理解して、ピエールは思わず吐き気を覚える。

世にもおぞましい所業を語っているというのに、アランの口調は、内外の作曲家たちの楽曲や、流行の音楽について語っているときと同じく、淡々としている。

この男の中では、呪われた人間を作り出すという作業は、すでに作曲や彫刻と同調の芸術に分類されているのだろう。そして、それに全身全霊を捧げている。

アランはピエールの反応を確認したうえで、不意に声をひそめた。

「──きみの父上であるダランベール氏の評判は聞いている。若くして亡くなった妻の遺産を食い潰す見栄っ張りの放蕩者《ほうとう》……会社の経営に首を突っ込んでは損を出し、今や家計を支えているのは、息子が稼いでくれる演奏会の謝礼ばかりだとか」

ピエールはぞっと全身の毛が逆立つような恐怖を覚えた。

アランはダランベール家の内情について、何故か詳細に把握していた。

父親と双子たちの関係が断絶していることも、ピエールが兄との才能や、父親から受ける扱いの差に苦しんでいることまで知っていた。

ピエールは恐怖でカラカラに渇いた咽喉から、必死で声を絞り出す。

「……どうして、ぼくのうちのことを……」

「きみとは協力し合えるのではないかと思ったのだが」

アランは指でトントンとテーブルを叩きながら話を続ける。

「〝呪い〟を生み出す人間には、一定の傾向がある。優れた才能を持ち、絶望や孤独に苦しんでいても高い矜持《きょうじ》や責任感ゆえに死を選べず、〝呪い〟が成熟するまで長持ちする強靭《きょうじん》な精神の持ち主──」

ピエールは蛇に睨まれた蛙のように身動きすら取れない。

「きみを苦しめている諸々の問題は、ミシェル・ダランベールが君の前から消えてしまえば、

万事解決するのではないのかね？　彼はいい素材になるはずだ」

答えることのできないピエールを眺めて、アランは真摯《しんし》と言ってもいい口調で誘惑を続ける。

「きみも音楽を愛する人間のひとりだろう。私にとって友人を殺した〝呪い〟が最も美しかったようにきみにとっては兄の憎悪から生まれる〝呪い〟は、最高に美しいものになるはずだ。……この世で最も美しい旋律を、きみは聴いてみたいとは思わないのか？」

ピエールは目の前の男が狂っていることも、それが耳を塞ぐべき提案であることも理解していた。

それでもピエールの口は、最後の最後まで拒絶の言葉を吐き出すことはできなかった。

アランの誘いはピエールにとって、身の毛もよだつほど恐ろしいものだったが、同時に、抗《あらが》いがたい魅力も備えていたからだ。

リハーサルが終わったことを知らせる使用人の声に、我に返って逃げ出さなければ、自分がアランの誘いをはっきりと拒絶できたかどうか――今でもピエールは自信がない。

◆◆◆

アルデンヌ邸が絡んでいると判明した途端、現場の捜査官たちの動きが鈍り始めた。

下男が捜査官のひとりから聞き出したところによれば、あの館に関わることについては、なんであれ上層部の指示を待たねばならず、なにをするにも偉い人の許可が必要らしい。

大人たちが話すアルデンヌ事件の概要を盗み聞きしたピエールは、アランが語った最初の〝呪い〟の話を思い出す。

身も心も〝呪い〟に支配された友人は、師匠一家と、自分と同門の貴族の子弟《してい》を人間離れした怪力で惨殺したのだとアランは言っていた。

アルデンヌ家を襲った殺人鬼がアランの計略で〝呪い〟に食われた被害者である可能性は高い。

「ピエール坊ちゃん、いけません。どこに行かれるおつもりですか？」

「ぼくはミシェルを迎えに行かなくちゃいけない。だってまだ、ミシェルに謝ってないんだ」

ミシェルが入っていったのが偶然アルデンヌ邸だったなんて出来すぎている。

（……あの男は、最高傑作を作っていると言っていた。生涯で一番愛した人が、素材だって……）

そして、アルデンヌ家の一人娘は事件の夜から行方不明になっているという。

ぞっとするような想像を頭の中から追い払って、ピエールは裏口に向かう。

もしもアランが〝最高傑作〟を作り上げることに成功していたとしたら、ミシェルは、とんでもなく危険な場所にいることになる。

とてもじゃないがパリ警視庁の偉い人が起きてくるまでのんびりと待つ気にはなれなかった。

「アルデンヌ邸は遠いですよ、歩いていくおつもりですか」

「わかってる。駅の近くまで行って辻馬車を探すよ」

「捜査官の方々に叱られると思いますが……」

「覚悟してる。でも、もうのんびりしていられる状況じゃないんだ」

ピエールの決意は動かせないようだと理解したメイドは、長いため息を吐いた。

「……どうしてもとおっしゃるなら、あたしも坊ちゃんについて行きます」

「えっ？」

「あたしの父が御者をやってるので頼んでみましょう。この時間に駅で待つなんて、あちらのお屋敷に着くまで何時間かかるやら知れませんからね」

驚いて振り返ったピエールの視線をメイドは生真面目な表情で受け止めた。

「ピエール坊ちゃんがミシェル坊ちゃんに謝らなきゃいけないのと同じで、ミシェル坊ちゃんだって、自分がしたことを償わなきゃいけないんです。ちゃんと償って、ようやく始められるんですから」

そしてメイドは自分の後頭部をさすり、半眼で拳を握りしめてみせる。

「……とりあえず、あたしの頭にこぶを作ったことだけは、きっちりと謝っていただかなくっちゃ！」

ピエールはポカンと口を開けてメイドの顔を見つめ、それから思わず噴き出した。

「……そうだね、それだけは絶対にミシェルに謝らせよう……ごめん、それと……ありがとう」

張り詰めていた気持ちを少しだけ和らげ、ピエールはメイドに向かって心から頭を下げた。

【第七楽章】

Chloe's Requiem

~infinito~

館にかかった呪いを解く四番目の楽譜を求めて、地下に設けられた楽屋から薄暗い通路を抜け、探索を続けていたミシェルは、通路の突き当たりに上に向かう階段を見つけた。

ミシェルは階段をのぼって、行き止まりの落とし蓋《ぶた》を開ける。そこには美しい中庭が広がっていた。

外の空気はひんやりとしていたが、見上げた空はどんよりと仄《ほの》暗い。

この屋敷に着いたときには明るかった月は、今は紗幕《しやまく》を通したようにその輝きを鈍らせていた。

中庭には色とりどりの花が美しく咲き乱れていたが、ミシェルはそれがすべて、まがい物の花であることに気がついた。

野外演奏会の会場になる場所では、演出のために造花が植えられることはよくあることだから、特別異常な光景だとは思わない。

だが、館の前の花壇が残らず枯れていたことや、館の中に飾られた花が鉢植えから花瓶まで、どれも造花になっていたことを思い出すと、どこか薄ら寒い心地にはなる。

その花を両袖《りようそで》にした石畳に導かれて進んで行くと、中庭のちょうど中央に出た。

そこに大きな黒いグランドピアノが置かれ、傍らのテーブルには楽譜が用意されていた。

フレデリック・ショパン作曲『夜想曲　第二十番　嬰《えい》ハ短調』――夜明け前に楽しかった夜を想い、そこで出会った人々との別れを惜しむ曲だ。

この呪われた一夜の出来事を終わらせるにはもってこいの曲と言ってもいいだろう。

「この曲なら目をつぶっていても弾ける。……弟とも、よく一緒に演奏したから」

夜の演奏会では定番で、会の最後を飾る曲として演奏を頼まれることも多いから、楽譜は完《かん》壁《ぺき》に頭に入っている。

ミシェルの後を追いかけてきたクロエも、鍵盤《けんばん》蓋を開けながら、満面の笑みでミシェルを振り返る。

「クロエ、この曲は得意なの！　いっぱい練習したの！」

『――きっと、いっぱい練習するわ――』

（……え？）

ふと脳裏に蘇《よみがえ》った声に、ミシェルは目を開けてクロエを見た。

クロエは楽譜を置いて、わくわくした様子でミシェルの準備が完了するのを待っている。

（……なんだ、今のは？　確か、どこかの演奏会で……）

ミシェルが弓を構えるのを確認して、クロエの指が、ゆっくりとピアノの鍵盤をなぞり始めた。

ピアノの暗く物悲しい旋律が奏でられた後、ミシェルのヴァイオリンがそれに続く。

響き合う『夜想曲』の旋律に導かれるようにして、色々な場所で、色々な伴奏者とこの曲を演奏した記憶がミシェルの脳裏に蘇る。

虚栄心丸出しの貴族のパーティーで演奏させられたこと。

格式高いともてはやされてはいたが、実際にはただ古いだけだったオペラ座の設備に苦労したこと。

葬儀の夜にピエールと二人で母のために弾いたこと。

広々としたホール、瀟洒《しょうしゃ》なサロン、そして色鮮やかな花に囲まれた大きな屋敷の中庭で――

『……今日、この曲がとても好きになったから……』

まるで誰かに聞かれることを恐れているような小さな声が、あざやかに脳裏に蘇った。

『……これからきっと、いっぱい練習するわ。次に会うときまでに、もっと上手になるから……』

恥らうようにうつむいた白い顔は、ミシェルの位置からでは表情がわからない。

『……また、会えるかしら?』

あの女の子の名前は確かアルデンヌ……クロエ・アルデンヌと言った。


ミシェルは目を開けた。

伴奏を務めるクロエの横顔はとても楽しそうだ。

ふとミシェルが自分を見ていることに気づくと、得意げな笑顔を浮かべてみせる。

(……そういえば、いっぱい練習したって言ってたっけ)

ずっと忘れていた光景が、交わした言葉が、あのときの感情が、夜想曲の物悲しい旋律にあわせて、うねる波のようにミシェルの頭の中を満たしていく――

◆◆◆

「――明日の演奏会では、屋敷の主の一人娘と共演してもらうことになる。父親が高名な作曲家でな。むげに断るのも、お前の将来に関わるかと――」

脳裏にあざやかによみがえる思い出の中で、ガラガラと回る馬車の車輪の音に、父親は負けじと声を張り上げ、くどくどとしゃべり続けている。

窓から見える外の景色には街灯もなく、舗装されていない細い道はひどく揺れた。

「――嬢の腕前も、まあ、別に悪くはないがお前には遠く及ばんな。なあにミシェル、お前の腕前ならなんとでもなるから心配はいらんだろうが――」

父親の声を右から左へと聞き流しながら、ミシェルはこっそりと斜《はす》向かいの座席にかけたピエールの様子を窺《うかが》う。

今回は別の伴奏者が用意されているにも拘《かか》わらず、何故か同乗している双子の弟は終始無言。ガタガタと揺れる硬い座席の上から、ぼんやりと窓の外に広がる風景を眺めている。

ミシェルは、弟が自分と同じく父親の言葉を聞き流しているのを見て、ひそかにホッとした。

◆◆◆

屋敷に到着すると、ミシェルはまず楽屋へ向かった。

さっさと明日の共演者に挨拶《あいさつ》を済ませておこうと思ったのだ。

どうせ演奏が終われば忘れてしまう伴奏者の名前を聞く必要がどこにあるのかとは思うが、最低限の社交を怠れば、機嫌を損ねる人種もいることを、ミシェルは最近になって学んだ。

本番の演奏に支障を出して、面倒な演奏が更に面倒になるよりは、事前に面倒を済ませておくほうが遥《はる》かに楽だというのが、ミシェルにとっての社交である。

案内された楽屋で待っていたのは、陰気で、ひどく表情に乏しい少女だった。

「きみが明日の共演者？」

「……そう、です」

「あ、そう。ぼくはミシェル・ダランベール。よろしく」

「…………クロエ・アルデンヌ、です」

「クロエ、か」

ミシェルの脳裏を失ってしまった仔猫《こねこ》の姿がよぎる。

人懐っこくて、いつも元気いっぱいで、ただそこにいるだけで気分を明るくしてくれたクロエ。

（……同じ名前なのに、えらい違いだ）

目の前のクロエは、まるでミシェルを怖がっているかのように目を合わせず、ぼそぼそと平坦な声でしゃべり、どこを見ているのかわからない虚《うつ》ろな目で、機械仕掛けのようにぎこちなく一礼する。

「……よろしく、お願いします」

あまりにも生気に欠けたクロエの反応に、ミシェルは人形と話しているような気分になってきた。

（背中にゼンマイでもついていたら、少しは面白くなったかもしれないな）

今になって思い返せば、長年にわたって父親から虐待を受け続けていたせいで、自然な表情の変化や感情の起伏など、人として生きるために大事なものが摩滅してしまっていたのだろう。

だが当時のミシェルには、退屈そうな共演者だという以上の印象はなかった。


――コンコン。

楽屋の扉がノックされた。

「どうぞ」

ミシェルが答えると扉が開いて、神経質そうな顔をした長身の中年男が姿を現す。

灰色の髪と血色の悪いやつれた顔は、ミシェルに幼いころに絵本で見た死神を連想させる。

おそらくこれが父親の言っていた高名な作曲家、クロエ・アルデンヌの父親だろう。

「クロエ。私の部屋へ来なさい」

父親からのお呼びらしい。

高圧的な態度には反感を覚えたが、芸術家なんてこんなものだろうと思うところはある。

他人《ひと》にはない才能を持っている連中なんて、代わりに人間《ひと》として大切などこかが欠けているのだ。

（……まあ、おかげで、この陰気な娘と世間話を続ける苦行から解放されると思えば……）

さっさと送り出そうとクロエを振り返ったミシェルは、感情も表情も欠けているとばかり思っていた少女の横顔に、はっきりと父親に対する嫌悪と怒りが浮かんでいることに気がついた。

――しかし、少女の顔に浮かんだ抵抗の意志は、父親が「クロエ」と少し苛立《いらだ》った声で呼んだ瞬間に恐怖と屈辱の入り混じった表情に押し潰《つぶ》されて消えてしまった。

父親が無造作にクロエの腕をつかむ。

クロエは抵抗もなく、引きずられるようにして父親の後ろをついていく。

すれ違う寸前、クロエの青白い無機質な横顔に、諦《あきら》めの色がよぎるのを見た瞬間、ミシェルはなにも考えずに手を伸ばして、クロエの手をつかんでいた。

「ちょっと待って」

クロエの父親は、呼び止められて初めてミシェルの存在に気づいたような顔をした。

「なんだね？」

「その子、今からぼくとリハーサルをするんです。連れて行かないでください」

——思い返しても、どういうつもりで自分がそんなことを言ったのか、ミシェルには思い出せない。

もしかすると、無意識にクロエから自分と似たようなものを嗅《か》ぎ取っていたのかもしれない。

クロエは感情のない瞳《ひとみ》を微《かす》かに見開いて、ミシェルをじっと見つめた。

「……そうか。なら、いい」

男はあっさりと応じてクロエの腕を放した。そのままクロエを残して楽屋から出て行く。

クロエは戸惑ったような表情で父親の背中を見送っている。

ミシェルは無意識に強張っていた肩の力を抜き、クロエに向き直った。

「じゃあ、さっさと演奏して、リハーサルを終えよう」

「………どうして」

消え入りそうな声で問いかけられて、ミシェルは思わず首をかしげる。

「どうしてって、何が？」

「………お父様のこと……」

どうして引き止めたのかと聞きたいらしい。

こんな状況になる以前、ミシェルはよく弟から、お前は言葉が足りないんだと文句を言われた。

だが、どうやら彼女も同類のようだ。

「だって露骨に嫌そうな顔をしてたじゃないか」

「………うん。……あの……ありがとう」

「そういうのはいいよ、ぼくはさっさとリハーサルを終えたいだけだ。あんなのに時間をとられちゃ、こっちも迷惑だからね」

「………あんなの」

ぽつりと繰り返されて、さすがに娘の前であんなの呼ばわりはまずかったかと、反省する。

しかし、クロエは微かにうつむいて、くすくすと笑い出した。

（……笑えるんだ）

ミシェルは一瞬、思いがけない笑顔に見惚《みと》れ、そして自分が見惚れてしまったこと自体に腹を立てて思わず声の調子を荒げる。

「もういいからさ、行こうよ。ピアノは準備できてるんでしょ？」

「………うん」

クロエがそっと手を握り返してきた。

ここでミシェルは初めて自分がクロエと手を繋《つな》いだままだったことに気づいたが、何故か振り払う気になれなくて、そのまま、ふたり並んでリハーサルに向かった。

演奏会の最後の曲目は、ショパンの『夜想曲』だった。

最後だけは三階のホールから中庭に移動して、満天の星の下で演奏を終えた。

別れ際、クロエ・アルデンヌは『夜想曲』の楽譜を抱きしめながら、こう言った。

「……今日、この曲がとても好きになったから、これからきっと、いっぱい練習するわ……」

小さな、まるで誰かに聞かれることを恐れているような声だとミシェルは思った。

「次に会うときまでに、もっと上手になるから……また、会えるかしら？」

「さあね」

ミシェルは素っ気ない一言を残してアルデンヌ邸を後にした。

ちょうど父親と弟を外で待たせていたし、明日も午前中から演奏会の予定が入っていた。

とても疲れていたから、一秒でも早く家に帰って眠りたかった。

だから去っていく自分をクロエが切ない表情で見送っていたことも、自分が離れると同時に、再び父親がクロエを自分の部屋に引きずっていったことも、気づかなかった。

ミシェルは彼女を過去の伴奏者の一人として記憶の片隅に押しやり、翌日には忘れてしまった。

◆◆◆

演奏が終わると、いつものように姿のない観客たちの拍手が聞こえてきた。

頭上に広がっていた紗幕のような闇が晴れて、傾いた月の光が中庭に降り注いでいる。

この演奏で地下室の呪いもおそらく浄化されているはずだ。

ミシェルは見えない聴衆に一礼するのも忘れて、クロエを凝視していた。

「……今の曲で思い出した。クロエ……ぼく、昔、きみと共演したことがあったんだね」

「ふふ、クロエはずっとミシェルのこと、覚えてたわ！」

屈託のない笑顔に、ミシェルは自分の薄情さを責められた気がしてたじろぐ。

「……だ、だって性格がまるで別人じゃないか。普通、気付かないよ……」

「そうね。でも、元々のクロエはこういう性格なのよ」

ミシェルは子ども部屋のビジョンで見た、小さかったころのクロエを思い出して納得した。

あの小さなクロエは、父親からの虐待を受けることなく、そのまま成長していれば、こんな女の子になっていただろう。

そして館の呪いを解くために使われた楽譜は、どれもミシェルがクロエと共演した演奏会の曲目だった。

「……ピアノも上手《うま》くなってたからわからなかった。前は教科書みたいな弾き方だったのに」

「だってクロエ、いっぱい練習したもの！　次にミシェルに会えたときは、もっともっと素敵な演奏ができるようになりたいと思って、ずっと練習してたのよ？」

実現するかどうかもわからないミシェルとの再会が、クロエにとっては唯一の光だった。

次第に苛烈《かれつ》で残酷なものになっていく父親の虐待に耐えながら、いっそ死んでしまえば楽になれると思っても、死ねば二度とミシェルには会えないと考えれば、踏み止まることができた。

「……ミシェルが助けてくれた、一度だけ。クロエはお父様から逃げられたの。あのときからずうっとミシェルのこと待ってたの。だからきっと……ここにいられるの」

クロエは夢見るような表情で空を振り仰ぎ、それからゆっくりとミシェルに視線をもどした。目の縁にうっすらと涙が浮かんでいる。

「……あのね。クロエは……今、ミシェルの目の前に立ってるクロエは、ほんとのクロエじゃないの」

「えっ……？」

思いもよらぬ告白に、ミシェルは目を見開いた。

クロエはくすんと笑って胸の前で手を重ね、言葉を続ける。

「ほんとのクロエ……生きてるクロエは、お父様への憎しみが大きくなりすぎて、呪いに心を食べられて、体を乗っ取られちゃったから……呪いに支配されたクロエは、人を殺すことを楽しむだけの殺人鬼になって、お父様も、お母様も、この館で働いていた人たちも、みんな殺してしまったの……」

ミシェルの脳裏にギャラリーで会った、クロエにそっくりな白髪の少女の姿が思い浮かぶ。

（……まさか、じゃあ、あの子は……）

クロエは激しい苦痛を堪えるように眉根《まゆね》を寄せて、ぎゅっと唇を嚙《か》みしめている。

薄い肩が微かに震えているのを見て、ミシェルの心臓も締め付けられるように痛んだ。

過酷な虐待、クロエの年齢、きわめて異常な精神状態――同情されるべき点はいくらでもある。

でもたとえ法律がクロエを許しても、犯した罪はクロエの心に影を落とし続けるし、なによりクロエ本人が決して自分のしたことを許さないだろう。

「ほんとのクロエは、今も呪いに支配されたままなの。私は、呪いに支配された肉体から弾き出されたクロエの意識の残骸……生霊みたいなもの。本当ならすぐに消えてしまうはずだった」

クロエは泣きそうな顔で唇を震わせていたが、やがて覚悟を決めたように口を開いた。

「……ミシェルを、こんなところに呼んでしまったのは、私なの。館にかかった呪いを解くには、ほんとのクロエの心に、思い出の曲を届けられる人の、ミシェルの助けが必要だったから。……迷惑かけるってわかっていたのに。……ほんとに、ごめんなさ――」

「あのさ、そういうのはいいから」

ミシェルはクロエの謝罪の言葉を無造作にさえぎった。

クロエは思わず涙が引っ込んだという顔で、きょとんとミシェルを見つめる。

「……ただ、ぼくはきみが信じてくれるほど大層なことができるってわけじゃないよ。呪われてるし、まだ自分の家族の問題だって解決できてないし」

「でも、クロエを助けてくれたわ。あのときも、ここでも」

「お互い様だよ。クロエだってぼくのことを助けてくれた。ヴァイオリンを弾くための機械じゃなく、人間だと思ってくれたね」

――そのせいなのだろうか。ミシェルには自分がクロエをどう思っているか、それすらハッキリとはわからないというのに、この衝動を抑えることができない。

「……ぼくは、きみの力になりたい。きみを助けて、この館の外に連れ出したいよ」

クロエは驚いたように大きく目を瞠《みは》った。見開いた眼《まなこ》から大粒の涙があふれる。

「……ありがとう。クロエには、その言葉だけで十分」

クロエは笑いながら目許《めもと》を拭《ぬぐ》うと、どこからか銀のナイフを取り出した。

「これは……？」

ミシェルは鈍く光る刃に言いようのない不安を掻《か》き立てられる。

「このナイフでクロエのことを殺してほしいの。それがクロエを救う唯一の方法なの」

「……なんだよ、それ」

怒りをはらんだミシェルの問いに、クロエは沈痛な面持ちでうつむく。

「さっきも言ったけど、クロエの肉体は呪いに支配されているの。心は壊れてしまって、ただ人を殺して、壊すことだけを楽しいと感じる、怪物になってしまったの」

「それがどうして殺さなきゃいけないって話に繋がるんだ‼」

怒りに思わず声を荒げて詰め寄ったミシェルを、クロエは強い眼差《まなざ》しで見据えた。

「……呪いに体を支配されたまま死んだ人間は、悪霊になっちゃうの。ほんとのクロエは、呪いに支配されてからずっと何も食べず、休まず動いてるから、あまり長くは持たないの。運がよくて夜明けまで……朝日と一緒に、クロエは死んじゃうの」

「そんな……」

愕然《がくぜん》とするミシェルを見て、クロエは申し訳なさそうに話を続ける。

「クロエの呪いはとても強いから、死んだら、とても強い悪霊になっちゃうと思う。悪霊になったクロエは、この館で起こしたのと同じような……ううん、もっと酷《ひど》いことをするようになるわ。……クロエは、もう他の人を傷つけるのは絶対にイヤ」

クロエは指先を白くなるほど強く、自分のワンピースを握りしめている。

「でも、探せば生き延びられる道もあるかもしれないのに」

「……生き延びられたとしても、元のクロエにもどることはできないわ。おんなじよ」

クロエは儚《はかな》く笑ってミシェルの手を取った。

「止めてくれるのがミシェルなら、クロエ、幸せな気持ちで死んでいけると思うの」

「どうして……」

「クロエは、ほんとのクロエも、ずっとずっとミシェルのことを、待ってたから」

夢見るような眼差しで告げられた言葉に、ミシェルは泣きそうに顔を歪《ゆが》めてクロエの手を振り払う。

きっとこれはクロエにとって、ひどく残酷なわがままなのだろう。それはミシェルもわかっている。

いくら憎んでいたとはいえ父親や、大好きな母親や、なんの罪もない使用人たちを殺してしまった罪を背負って生きてほしいなんて、この先もまだまだ苦しみ続けろと言っているのと同じことだ。

それでも、ミシェルはクロエに生きていてほしかった。生きて、幸せになってほしいと願っていた。

こんな自分でも、クロエを助けるためにできることがあるはずだと思っていた。

けれどクロエ自身から、彼女を救うには殺す以外に道はないという、絶望的な状況を突きつけられて、ミシェルは今こんなにも無力だ。

「……悔しいよ」

「ミシェル？」

「ここにいるのがぼくなんかじゃなくて、もっと賢い大人か、特別な力を持った人だったらよかったのに。そうしたら、クロエを助けられたかもしれないのに。ぼくじゃ、きみのためになんにもできない、なんにもしてあげられない……すごく、悔しいよ……」

手のひらに爪が刺さるほど強く拳《こぶし》を握りしめたミシェルを、クロエはびっくりした顔で見つめる。

「ミシェルはクロエにたくさんくれたわ。ミシェル以外の誰にも、この館の呪いは解けなかったの」

「ぼくの演奏なんか、クロエを救うこともできないじゃないか」

「ミシェルの演奏が、呪いに乗っ取られているほんとのクロエの心に響いたから館の呪いは解けたの。クロエの憎悪と心の傷をミシェルのヴァイオリンが癒《い》やしてくれたから……」

「――そんな力、ぼくにはない」

どんどん気持ちが沈んでいく。このまま二度と立ち上がれなくなりそうな気分だった。

クロエは長いこと無言でミシェルを見つめていたが、不意にぽつりと口を開いた。

「……ねえ、ミシェル。ミシェルはお父様の部屋で、クロエの写真、見たでしょう？」

不意に思わぬことを訊《たず》ねられて、ミシェルはギクリと肩を震わせてクロエを見た。

とっさに答えられないこと自体が答えになっていると気づいたときには、クロエは事実を悟ったようで、いつもの妙に大人びたほろ苦い笑いを浮かべてミシェルを見上げる。

「クロエ、本当ならもっと早くに死んで、悪霊になっているはずだったと思うの。毎日が苦しくて、いいことなんてひとつもなくて、それでも、もう一度ミシェルに会いたいって、それだけを頼りに生きていたけど、気がつくと死ぬことばっかり考えてるの……死んだら、きっと自由になれるのにって」

　そして、父親が自分の名を冠したレクイエムを作っていると知ったとき、クロエは自分の体内で育った呪いに負けてしまった。

「……ほんとのクロエは、人を殺すことしか考えない怪物になっちゃって、おまわりさんたちは、クロエを見つける前にいなくなって……もうだめだ、諦めて悪霊になるのを待つしかないんだって思ってたら、ミシェルが来てくれたの」

　絶望の底で待ち続けていたミシェルは、クロエのことを忘れていたけれど、そんなことはクロエにとってなんでもなかった。

　覚えていないはずのミシェルは父親から自分を助けてくれたときと同じように、ためらいもなくクロエの手を取ってくれたから。

「ミシェルが来てくれて、クロエを外に連れて行くって言ってくれて……クロエ、とても幸せだなって思ったの……もういいやって諦めて、死んじゃわなくてよかったなって、初めて思えたの……」

　初めて会ったときも、この館で再会したときも、ミシェルには別に深い考えがあったわけではない。

ただ、嫌だったのだ。諦めたようなクロエの横顔が、静かに伏せられた目許に漂う悲しみが。

ほんの少し手を伸ばせば届く距離にいる彼女のために、なにもせずに去ってしまうことが、ミシェルにはできなかった。

たったそれだけのことが、クロエにとって、ここまで大きな意味を持つことになるとは思いもしなかった。

　クロエは、ようやく顔をあげたミシェルを見て、嬉《うれ》しそうに笑った。

白い手を伸ばしてミシェルの手を握り、ゆっくりと、言い聞かせるような口調で囁《ささや》く。

「ミシェル、あなたの演奏が大好きよ。あなたの演奏が、クロエの心を守ってくれた。クロエに嬉しいってどんな気持ちか、幸せってどんな気持ちか、思い出させてくれたの。だからどうか、自分とヴァイオリンを嫌いにならないで……」

真摯《しんし》な祈りを込めたクロエの言葉で、夜風に冷え切っていたミシェルの頬に涙がこぼれ落ちた。

――それはミシェルが言いたかったことだ。

クロエとの演奏を通して、ミシェルは昔の、ヴァイオリンが好きだった自分を思い出した。時間を忘れて弓を握り、ただ好きな曲を、好きな人と、好きなように弾く楽しさを思い出した。

本当は自分がどんな風に弾きたかったのかを、ようやく思い出すことができたのだ。

「――あなたの呪いが愛に変わり、浄化されますように」

クロエはミシェルの指先に、祈るように目を閉じて口付ける。

その言葉は静かにミシェルの心に沈んで、一番奥のやわらかい部分に、ことりと落ちた。

「……ありがとう、クロエ」

ようやくそれだけを告げたミシェルを見て、クロエが笑った。

月明かりに照らされたその笑顔が、強い光を浴びた幻燈《げんとう》のように、薄れていく。

もう夜明けが近づいているのだろうか。

「……ほんとのクロエは秘密の部屋にいるわ。場所はノワールとブランが知ってるから……すぐそばにクロエの呪いの元凶もいるはずだから気をつけてね」

ぎりぎりまで笑顔を保っていたクロエの顔が、最後の最後で泣きそうに歪んだ。

「……ごめんなさい、ミシェル。嫌な役目、押し付けて……」

ミシェルはクロエの頭があったあたりに手を伸ばし、手のひらにあるかなしかのぬくもりを感じるとくしゃくしゃと髪をかき混ぜるように動かして、クロエのために精一杯の笑顔を浮かべた。

「……いまさらだよ」

その一言だけで十分だった。

クロエの唇が微笑みの輪郭を残したまま、月の光にほどけて消える。

ミシェルは足元に置いていたヴァイオリンケースを拾い上げて胸に抱き、素晴らしい演奏をしてくれた共演者のために少しだけ目を閉じる。

ずっと胸の奥にわだかまっていた重いものが、涙と一緒に溶けて流れてしまったように感じた。

（ぼくはきっと、死ぬ瞬間まで、二度とヴァイオリンを手放そうなんて思わない）

——にゃあ。

目を開けて振り返ると、赤い実のついた庭木の陰からノワールが顔を出していた。

木の陰には先ほどまでなかった四角い穴が開き、そこから地下へと続く階段が伸びている。

「……呪いの元凶、か……」

クロエの憎悪と絶望が作り出してしまった怪物、今も本物のクロエを支配し、苦しめている存在。

おそらくそれはミシェルにとって、最大の敵になるだろう。

「……これで終わらせよう」

低くつぶやいたミシェルが階段を下り始めると同時に、午前五時の鐘が鳴る。

呪われた館には未《いま》だ朝は訪れていなかった。

【間奏曲7】

黒猫のノワールに初めて出会ったとき、ブランは掛け値なしに驚愕《きょうがく》した。

——ここまでなにもできない猫が存在するものかと思ったのだ。

ノワールは仔猫のうちに山の中に捨てられ、餌もとれずに衰弱死しかけていたのをクロエに拾われた。

人間が大好きで、音楽が大好きで、いつか人間になりたいと夢見る、少し頭のおかしい仔猫だった。

——成り行きで木登りとネズミの取り方を教えてやり、ジャンプしてドアを開ける方法を教えたら、妙に懐かれてしまい、まとわりつかれるようになってしまった。

《人間が大好きなお前と人間が大嫌いな俺で話が合うわけがない》

《でもブランだってひなたぼっこは好きだし、洗い立てのシーツに足跡をつけるのも好きだし、お魚も好きでしょ？……好きなものがひとつ合わないからって、仲よくなれないなんておかしいわ》

そんな屁理屈《へりくつ》を捏《こ》ねてまで、一生懸命に自分を慕い、後をついて回ってくる小さいのを邪険にできる猫はあまりいないんじゃないのかとブランは心の中で言い訳する。

ブランはあまり詳しくないが人間もそうなのかもしれない。

ノワールは飼い主のクロエだけでなく、館の使用人たちにも可愛がられていた。

クロエの大事にしているものは、なんでもハサミでどうにかしていた『魔女』と呼ばれていた人間がベッドの上から手を伸ばしてノワールを撫《な》でている場面も、ブランは見たことがある。

――だからおそらく、あの屋敷で本当にノワールのことを殺したいほど邪魔に思っていたのは、あの灰色の男だけだったのだろう。


――じんわりと染みる温かさに目を覚ますと、黒い毛玉が寄り添っていた。

すぴすぴとのんきな顔で寝息を立てる毛玉を起こそうと前足を伸ばした途端に、激痛に襲われる。

（……そうだ。昨夜はあの灰色の男に捕まったんだったな）

灰色の男はブランを痛めつけるときには、常に死なないギリギリのラインを狙ってくる。

あの男がブランを痛めつけるのは、ブランを憎んでいるからでも、殺したいからでもないからだ。

ブランに苦痛を与え、憎悪を植えつけることで、そこから新たな呪いを作るためらしい。

だからどれだけ痛めつけられても殺される心配はないし、一匹《ひとり》では生きていけなくなるような深手を負わされることも決してない――死んでも感謝などしないが。

《……ノワール。あまり庭に出るな、灰色の男に見つかったらどうするんだ》

こんな状態では俺は庇《かば》ってやれないのに、と続きかけた本音は鳴き声になる前に呑《の》みこむ。

ノワールは熟睡しているのか、それとも説教が嫌で寝たフリを決め込んでいるのか。

うにゃうにゃと意味不明の鳴き声をあげながら、またブランにくっついてくる。

ブランは仕方のないやつだと許して、早く傷を治すために目を閉じる。

——しかし、怪我をして回復を待っているとき、寄り添う体温があるというのは悪くない。

仔猫のころから野良として過酷な環境を生き抜いてきたブランには、あまり馴染《なじ》みがないものだ。

自分以外の誰かの鼓動が近くで聞こえると、いつも頭の片隅にこびりついて剝《は》がれない死への恐怖が遠のいていくような気がした。

ブランは、こんな毎日ができるだけ長く続けばいいと、祈るような気持ちで願っていたのだ。

ブランは今でもノワールに教え損ねたことがあるのをずっと後悔し続けている。

ブランはノワールに、人間は敵だということを覚えさせることができなかった。

この世の中にはこちらが悪さをしていなくても、ヒゲに火をつけたり、尻尾《しっぽ》を引き抜こうとしたり、殴って骨を砕くのが楽しいと思うようなクズがいるのだということを教えられなかった。どんなにノワールが逆らおうと、反論しようと、それだけは叩《たた》き込んでやらなければならなかった。

——そうしていれば、あの愚かな黒猫が灰色の男の手に掛かって死ぬことはなかったのに。

◆◆◆

ミシェルたちに追いつくために、ブランは地下室を迂回《うかい》し、割れた窓の隙間《すきま》から中庭に出た。

アルデンヌ邸の中庭は、花のにおいがしないのに、いつでも色とりどりの花であふれて見えるという鼻自慢のブランにとっては少し薄気味の悪い場所のひとつだ。

身を低くして植え込みの間をすり抜け、赤い実のなる木の前に出ると、秘密の部屋に続く階段の前で見覚えのある黒い影が、ちょこんと座ってブランを待っていた。

――ノワールだ。

《……お前の大好きな人間たちはどうした？》

《ミシェルのことなら本物のクロエを助けに行ったわ。クロエは……》

そこで黒猫は悲しそうに口をつぐんだ。

《……呪いで本来の肉体から弾き出された意識の断片が、ここまで消えなかったことが奇跡なんだ。なにも悲しむようなことじゃない》

クロエ・アルデンヌは、灰色の男から長年の虐待を受けながら、自分の中にある呪いを比較的うまく制御できていた稀有《けう》な人間だ。

父親がクロエの名を冠したレクイエムさえ作らなければ、呪いに中身を食い尽くされることもなく、呪いに肉体を乗っ取られて父親の首を刎《は》ね飛ばすこともなかったかもしれない。

（それは不可避の運命だ）

自分ではない誰かの声が頭の中でして、ブランは鼻の頭に不愉快そうにしわを寄せる。

――なにが不可避だ、ふざけるな。

返ってくるのは意味のある言葉ではなく、押し殺したノイズ混じりの笑い声だけだ。

ブランの脳内に、誰《い》かが住み着いたのは、季節はずれの嵐が都を襲った晩、クロエが呪いに体を乗っ取られ、アルデンヌ邸で惨劇を起こした夜からだ。

その夜、ブランはひそかにアラン・アルデンヌの部屋に身を潜めていた。

ブランは館で起きていることをすべて見ていた。

父親から自分の名を冠したレクイエムを作っていると言われたクロエが呪いに支配される様子も。呪いに支配されたクロエが剣を取り、館に残っていた使用人を次々と殺していくのも。
クロエは憎悪の衝動が命ずるままにアランを襲い、アラン・アルデンヌの首を刎ね飛ばした。
飛んだ首はべちゃりと扉にぶつかり、落ちてブランが隠れていたキャビネットのまん前に転がる。
見開かれた死者の目がブランを映した瞬間、ブランの頭の中で白い火花が炸裂《さくれつ》した。
急激に薄れる意識の中、アランの生首がゆるゆると喜びの笑顔を作るのを見て、ブランは失神した。
――そして再び目を覚ましたとき、ブランの頭の中には、この誰かが存在していたのだ。
そもそもブランがアランの部屋に潜んだのは、アランの最期を見物してやろう、機会があれば自分が止《とど》めを刺してやろうと思っていたからだ。
クロエが来なければ、アランが熟睡するのを待って、その咽喉《のど》笛を食いちぎってやるつもりだった。
そのおかげで面倒なお荷物を背負う羽目に陥ったのは一生の不覚である。
《……ブランが間に合ってくれてよかったわ！　私だけでミシェルとクロエを助けられるのかどうか、とても不安だったけど、ブランが力を貸してくれるなら安心ね！》
《ちょっと待て。どうして俺が人間どもを助けるのに手を貸さなければいけないんだ？》
《三階にあがるとき、アランの気配を弱めるために、力を貸してくれたでしょう？》
《あれとこれとは話が別だ》
ブランは不機嫌そうにうなる。

《そもそもお前は一匹《ひとり》でうろつくな。幽霊や生霊は生身より遥かに脆《もろ》いんだ。呪いのやつに見つかったら、一撃で消滅するかもしれない》
《ブランの言うことを聞いて子ども部屋に隠れていたら、ミシェルもクロエも助けられないじゃない！》
《俺は二度も三度も同じ顔をした相手に殺されるようなへまをするなと言ってるんだ》
ノワールはむくれて口をつぐむが、耳がへたれているところを見ると、痛いところを突いたらしい。おそらく自分が死んだ直後のクロエとブランの嘆きようを、まだ覚えているのだろう。
《大体、俺が人間が嫌いなのは知っているだろう。どうして手を貸してやる義理がある？》
《でもミシェルがクロエに言ってたわ。アランの部屋の鍵をミシェルに渡したのはブランでしょう？》
ブランはひやりと冷たいものを感じてノワールの嬉しそうな顔を見つめる。
《……なんだと？》
《鳴き声が聞こえたから椅子の下を覗き込んだら、ブランが鍵を持ってきてくれたんだってミシェルがクロエに話してるのを聞いたの。ブランはクロエには鳴いてくれないのにずるいって怒ってた》
ノワールは笑っているが、冗談ではないとブランは思う。
ブランは人間の前で鳴いたことなど生まれてこの方一度もない。
――そもそもアランの部屋に行ったせいで、ミシェルは危うく正気を失いかけたのではなかったか？　鍵を渡したのがブランなら、明らかに悪意でやったと判断すべきだろう。
ミシェルを正気に戻すために体を張ったノワールが、そんなに気にしていないというのは恐ろしい。

(無知なる者に世界の真実を知らしめることは罪ではなく福音だ)

ノイズ混じりの笑い声に、ブランは再び鼻の頭にしわを寄せる。

これに取り憑《つ》かれてから、ブランは断続的に記憶を失うようになっていた。

ふと気づくと足の裏に覚えのない血がついていたり、来た覚えのない部屋にいたりすることもある。

——そういうときは絶対に自分に近づくなと、ノワールには事前に言い聞かせてあった。

もしも自分の意識がないときに、この体が彼女を傷つけるようなことがあれば、ブランはきっと自分で自分を許せないだろう。

(大切なものを奪って絶望に追い込むというのは古典的だが有効な手段ではある)

過去数十年間にわたって、様々な手を尽くして人々を絶望に追い込み、人為的に呪いを発生させてきた人の姿をした怪物は、平然とブランを挑発してきた。

そろそろ舞台も大詰めを迎えて、細かいことに気を使う余裕がなくなってきたのだろうか?

それともミシェルとノワールの連合軍が思いのほか優秀で、自分たちの形勢が悪くなっていることに遅ればせながら気がついて、なりふり構わなくなってきたのだろうか?

(お前はクロエに次いで見事な呪いになるだろう)

微塵《みじん》も嬉しくない賛辞を無視して、ブランはクロエ・アルデンヌに思いを馳《は》せる。

——自分の名を冠したレクイエムを実の父親から聴かされたクロエが、呪いに身を任せた理由には、恐怖や絶望、怒りだけでなく、少なからず生きたいという思いもあったはずだ。

クロエはずっとミシェルに会いたがっていたとノワールは言っていた。

本来ならば呪いに呑まれて消えてしまうような儚い意識の断片が、ここまではっきりと自我を持ち、ミシェルを支え続けたのも、その想いが原動力だったからだろう。呪いに肉体を奪われ、罪を犯し、それでも生きて再びミシェルに出会うことを望んだ。

クロエ・アルデンヌは生き延びるために、父親を殺す選択をした。

（それも予定の内だったと教えてやる機会がないのは非常に残念なことだ）

ブランは不愉快なノイズを無視する。

アラン・アルデンヌの創作活動の実態を、娘が知らずに済んだのは幸運なことだった。

父親がクロエを殺すのを目的としていたが失敗して返り討ちにあったのではなく、最初からクロエの憎悪を育てて呪いに侵食させ、悪霊化させるつもりだったのだと知れば、正気ではいられないだろう。自分が生まれたときから、憎悪と絶望にまみれ、呪いに蝕《むしば》まれ、いずれは呪いを抱えたまま死んで、永遠に救われない悪霊と化すことを望まれていたなどということは知らないままでいい。

（夜明けと共に、私の最高傑作は完成する）

頭の中の声はノイズが消えて、ずいぶんと聞き取りやすくなってきた。

（肉体の枷《かせ》から完全に解き放たれたクロエは、自分以外の呪いすら糧にして大きくなる）

それはすでにほとんど生前の灰色の男――アラン・アルデンヌの声で、ブランの脳内に響いている。

（おまえたちの望みは儚く踏み躙《にじ》られる運命だ）

神の高みから告げられる予言を聞いて、ブランは微かに笑った。

――こいつは俺の望みなんか知りもしないくせに、なにを言っているんだろう？

（知っているとも。お前は人間を憎んでいる。すべての人間の破滅がお前の望みだろう？）

自分も人間の一部だということを忘れ切った声が答えた。

◆◆◆

《……あのね、ブラン。私はミシェルとクロエだけを助けるために、帰って来たわけじゃないよ？》
ミシェルの後を追いかけて隠し階段に向かう途中、不意にノワールが鳴いた。
ブランは鼻の頭にしわを寄せて、生真面目な黒猫の顔をじろりと眺めやる。
《…………。アランまで助けたいなんて言い出したら……噛むぞ》
ノワールはぶるぶると勢いよく首を横に振る。人間がよくやる否定の仕草だ。
《私が、ミシェルやクロエと同じぐらい助けたい相手なんて、ブランに決まってるでしょ!?なんで他の名前が出るのよ！》
ノワールは怒りをあらわに尾を左右に振りながら、威嚇するようにうなる。
《私はブランと一緒に、力を合わせてミシェルとクロエを助けたい。ふたりが私を愛してくれたようにブランも私を大事にしてくれたから、生きていたころにもらった分の幸せを返したい》
《……お前ってやつは、死んでからも他のやつの心配ばっかりだな。少しは自分の幸せも考えろ》
《クロエもミシェルも、ずっと可哀想な思いをしてきたんだから、助けてあげなきゃね》

ノワールは、さも当然だというようにそう鳴くと、ミシェルの後を追って、隠し階段を下りていく。

——可哀想というならお前のほうがよほど可哀想だ。

ブランは怒りを呑みこんで、階段を下りていくノワールを見送る。

——まだ仔猫のうちに人間の身勝手な都合で捨てられて死にそうになり、アランに創作活動の邪魔になるというくだらない理由で殺され、死んだ後も人間を助けるために、こんな場所に囚《とら》われている。

(こいつは、こんな場所にいるべき猫じゃない。もっと明るくて、きれいで、あたたかな場所が似合う猫なんだ。絶対に幸せにならなきゃいけない猫だった)

その当たり前の権利を、ノワールは奪われた——この屋敷にいる愚かな人間どものせいで。

ブランは自分の視界が赤く染まりつつあるのを自覚して、気持ちを鎮めようと意識を集中する。こんなところで爆発するわけにはいかない、見極めなければならない。

(……俺は、永遠に続けばいいと願っていたんだ)

ノワールが隣にいる変わり映えのしない穏やかな日々が少しでも長く続けばいいと思っていた。それをくだらない理由で壊したやつを怨《うら》まない理由が、呪わない理由が見つからない。

ブランからノワールを奪っておきながら、自分も人間だということをすっかり忘れて、神様ごっこに興じている愚か者に己の罪の深さを思い知らせることができる瞬間を、ブランはじっと待っている。

——猫は執念深い。そして、人間よりも遥かに〝呪い〟とは親和性が高い生き物なのだ。

【第八楽章】

Chloe's Requiem

~infinito~

館の奥に隠れているという本物のクロエを見つけ、彼女の心と体を蝕《むしば》んでいる呪いの元凶をどうにかするために、ミシェルは中庭に隠されていた入り口から、隠し階段を下りた。

階段を下りた先には、真新しいフロアタイルの貼られた薄暗い通路が伸びている。

どうやら空気がよどんでいるらしく、通路内には胸の悪くなるようなにおいが漂っていた。

ミシェルは燭台をかざして天井付近を探してみたが、明かり窓や通風孔の類《たぐい》は見つからない。

(……いつもは閉め切ってあるのかもしれないな。隠し部屋なんて頻繁には使わないだろう……し?)

ミシェルの足が止まった。

通路の真ん中に転がっているモノに気がついたからだ。

侵入者を妨害するための丸太かなにかだろうかと無防備に近づいたミシェルは、丸太に手足があっておかしな方向に折れた首がついていることに気づいて口を押さえた。

——死体だ。それも一体ではなく複数の死体が無造作に床に放り出されている。

ミシェルはぐうっとこみあげる吐き気を堪えた。

この館に足を踏み入れてから、恐ろしい目にも遭ったし、グロテスクなものも見てきたが、こういう現実的な生々しい恐怖には馴染《なじ》みがない。

恐怖で動悸《どうき》が激しくなり、次第に視界が霞《かす》んでくるのがわかる。

――にゃあ！

甲高い鳴き声をあげ、ミシェルの足元にノワールが駆け寄ってきた。

ぐりぐりと頭を押し付けられる感触にミシェルは少しだけ落ち着き、ありがとうと小さな頭を撫《な》でる。

――そういえば、この黒猫には何度も助けてもらった。

クロエの母親の部屋の鍵《かぎ》を見つけてきてくれたのもノワールだったし、父親の部屋でアルバムを見て暴走してしまったミシェルを、体を張ってクロエの部屋まで誘導してくれたのもノワールだった。

「なにか猫が喜んでくれそうなものを持ってればよかったんだけど……」

探ったポケットの中で、ちりんと鈴が音を立てた。

子ども部屋で抱き人形がくれた小さな鈴だ。

ミシェルは使用人部屋でハサミを持った死霊に狙われたとき、この鈴が守ってくれたことを思い出す。

「――これが、お前のことを守ってくれますように」

簡単な祈りの言葉を唱えながら、ミシェルはノワールの首に鈴をつけた。

ちりんと涼やかな音が鳴ると、通路に充満する悪臭が少しだけマシになった気がする。

ミシェルは立ちのぼる腐臭を吸い込まないように口元を覆って先に進んだ。

――視界の端に映る死体は、いずれも古風なメイドのお仕着せを着た女性か、動きやすい服装をした体格のいい男性だ。おそらく館で雇われていた使用人だったのだろう。

（……呪いに支配されたクロエから逃げようとして、ここで追いつかれたのか、それとも……クロエの母親が殺した使用人を放り込んでおく死体置き場だったのか……？）

後者だとすれば、換気が悪いのは外に死臭が漏れないようにするためかもしれない。

あの中庭にカラスが集まっていたら、さすがに異状に気づく人間が出るだろう。

時折、正視に堪えないむごたらしい死体が現れて、ミシェルの足をすくませたが、そのたびに傍らに寄り添うノワールの鳴き声と鈴の音が、ミシェルを勇気付けてくれた。


血まみれの通路は頑丈そうな樫《かし》の扉の前で終わっていた。

扉の表面に彫られた不気味な蜘蛛のレリーフに、ミシェルはクロエの父親を連想する。

ミシェルは小さく息を吐いて、傍らのノワールを見下ろす。

「……お前が助けてくれなかったら、ぼくは、ここまで来られなかったかもしれないね」

もう一度だけ、ありがとう、と告げて、ミシェルは目の前の扉を押し開いた。

◆◆◆

扉の向こうにあったのは、ミシェルが拍子抜けするほど普通の部屋だった。

最高級のソファと、清潔な真っ白いテーブルクロスで覆われた食卓、揺れるシャンデリア。

どれも裕福な貴族のサロンで使われているような選び抜かれた最高級品ばかりだ。

壁際に置かれた書架にぎっしりと並んだ書物が、どれも呪いについて書かれた伝承集や研究書なのは異様だが、部屋全体に漂う優雅な雰囲気を壊すものではない。

部屋の奥にはグランドピアノがひとつ、置かれていた。

ミシェルは周囲を警戒しながらピアノに歩み寄り、慎重な手つきで鍵盤蓋《けんばんぶた》を開ける。

（……特におかしなところはなさそうだ）

そう判断してピアノから離れようとしたとき、不意にピアノがひとりでに演奏を始めた。

「！」

ミシェルはあわててピアノから離れ、ふと物悲しいメロディに聞き覚えがあることに気づいた。

過去に演奏会で弾いた記憶はない。だが、どこかで――

「……そうか、おもちゃの合奏だ」

それは子ども部屋で『トロイメライ』の楽譜を手に入れたとき、おもちゃたちが合奏していた曲だ。

ミシェルは一度でも聴いた曲は、絶対に忘れないし、間違えることもない。

多少のアレンジの違いはあるが、両者は同じ楽譜を元に奏でられている。

だが――何故、最も呪いの元凶に近い場所であるはずのここで、あのときの曲が？

戸惑うミシェルの肩に、背後から骨ばった大きな手が置かれた。

「――この『クロエのレクイエム』は、呪いに支配されて正気を失ったクロエの頭の中で、今も鳴り続けている曲だ。クロエの記憶から再構成されたモノたちが、この旋律を知っていてもなんら不思議はない」

声の主から吹き付けてくる禍々《まがまが》しい気配と威圧感に、ミシェルは思わず総毛立った。

振り返りざまに、お守り代わりに握りしめていた銀のナイフを振り回しながら飛び退り、声の主から距離を取る。着地と同時に体がぐらりと傾いで、ミシェルはあわてててたたらを踏んだ。

(……なんだこれ、力が抜ける……)

肩で呼吸を整えているミシェルを見て、声の主は低く含み笑いをもらした。

灰色の髪、長い手足、やや猫背気味の長身に、両目には冷たい狂気を湛《たた》えたその姿は、クロエの父親アラン・アルデンヌにとてもよく似ていた。

しかし——ミシェルの記憶では、アランは長身であっても天井に頭がつきそうなほど大きくないし、口も赤ん坊を丸呑《の》みできそうなほど大きく裂けてはいなかった。

目の前の男の袖口《そでぐち》から覗《のぞ》く両手は白骨化しており、指の長さはそれぞれ十数センチはありそうだ。

「よくぞここまでたどり着けたな。……偉いぞ少年」

からかうような口調には少しの温度も含まれておらず、ミシェルを見つめる目は笑っていない。

「……いや失敬、ミシェル・ダランベールと言ったかな。ようこそ、ミシェル」

「…………。お前は誰だ」

「そうかそうか、自己紹介がまだだったね。お初にお目にかかる。私は……」

耳まで裂けた口の端が笑いの形につりあがる。

「……クロエの呪いだ」

ミシェルはギョッとして目の前の怪物を凝視した。

(ぼくの呪いは、ぼくが殺したシャルロットの姿を借りて現れた。クロエの呪いは……)

おそらくクロエにとって憎悪と絶望の象徴だったのは、血を分けた彼女の父親だったのだろう。

ミシェルは目の前に現れたクロエの呪いの元凶と、真正面から対峙《たいじ》した。

巨軀《きょく》から放たれる禍々しい雰囲気と威圧感が、じりじりと強くなっていくのを感じるが、ミシェルは自分でも不思議なくらい落ち着いている。

(こいつをどうにかしないと、クロエは助けられないんだ)

ミシェルが真っ向から視線を返すと、クロエの呪いの元凶は、きしきしと白骨化した指を鳴らした。

「以後お見知りおきを、というのは冗談だ。なぜなら……君はここで私の餌食《えじき》になるのだから！」

呪いの元凶は嘲笑《ちょうしょう》を浮かべて襲い掛かってきた。

ミシェルは両手で銀のナイフを握りしめる。

頰をかすめた指をかいくぐり、渾身《こんしん》の力をこめて、呪いの胸にナイフを突き立てる。

しかし呪いは平然と刃を胸で受け止め、楽しげな含み笑いを漏らした。

「……残念だが、そんなものでは私は倒せない」

呪いの手がミシェルの手首をつかむ。

ミシェルは強い脱力感に襲われ、その場に思わず膝《ひざ》をついた。

頭上からアランの姿を借りた呪いの嘲《あざけ》る声が降ってくる。

「どうした？　クロエを助けに来たんじゃないのか、あのときのように」

ミシェルは床を転がって呪いの追撃を避《よ》け、壁に手をついて立ち上がった。

——あの手で触れられるたびに体力が奪われていく気がする、なんとか避けなければ。

ミシェルはナイフを構え、自分を捕まえようと伸びてくる呪いの指を弾き返す。

しかし防戦するだけでは状況は悪化する一方だ。敵は疲れを知らない怪物で、次第にミシェルの傷ばかりが増えていき、血が流れていく。

ついに唯一の武器である銀のナイフが叩《たた》き落とされ、ミシェルは背中から床に叩きつけられた。

「かはっ……！」

咳《せ》き込むミシェルの首をつかんで、呪いが笑う。

じわじわといたぶるように締め上げられる苦しさに抗《あらが》って、無我夢中でばたつかせた指先が、なにか硬いものに触れた。

ミシェルは気力を振り絞って、今にも落ちそうになるまぶたをこじ開ける。

霞む視界に映ったものは古びた金槌《かなづち》──アランの部屋で手に入れて、そのまま捨てるに捨てられずに持ち続けていた金槌だった。

「……うぅ……わあああああああっ……！」

握りしめた金槌を、ミシェルは思いっきり振りかぶった。

金槌は呪いの顔面に命中する。

がいんと硬いものを叩く痺《しび》れるような手ごたえと裏腹に、呪いの顔にはアザひとつ作れなかったが、敵は無理な体勢からの攻撃に押されて姿勢を崩し、首を摑《つか》んでいた手を離す。

続けて二撃目を振り下ろそうとしていたミシェルは、いきなり解放されて目測を誤り、ほぼ真後ろで演奏を続けていたピアノの鍵盤を叩いてしまった。

「ぎゃあああああああっ！」

耳をつんざくような悲鳴があがる。

振り返ると呪いが両手で顔をおさえて悶絶《もんぜつ》していた。

指の間からぱらぱらぱらと木片が落ちて、ぎろりと木目をあらわにした眼球がミシェルを睨《にら》みつける。

「……そうか！　こいつの本体は、この……」

ミシェルは再び金槌を振りかぶった。

ピアノが破片を撒《ま》き散らし、呪いが苦悶の声をあげながら襲い掛かってくる。

ミシェルはギリギリでかわしながら、何度も何度も繰り返し、ピアノに金槌を振り下ろす。

呻《うめ》きながら追いすがる呪いの体は、身じろぎするたびにひびが入り、木片が剝《は》がれ落ち、すでにアランには似ても似つかないものに変わっている。

「……ふ……ふふふ……私を倒しても、もうクロエは救えないぞ……おまえは……無駄なことを……」

ミシェルは無言でピアノに金槌を叩き込んだ。

呪いの姿は粉々に砕けて、ミシェルの前には破壊されたピアノの残骸が転がっている。

いつの間にか、ピアノの残骸の陰に、先ほどまでは確かに存在していなかった扉が出現していた。

ミシェルはその場にへたりこみ、ゆっくりと呼吸を整えながら、床に落とした銀のナイフを拾う。

——この先に、クロエが待っている。

ミシェルは疲労で力の入らない膝を励まして立ち上がり、ふらつく足取りで奥の部屋に向かった。

◆◆◆

扉を開くと最初に目に飛び込んできたのは、小部屋の奥に置かれた十字架だった。

クロエは十字架の横に立っていた。

もつれた白い髪に喪服を連想させる黒いワンピース、右手に提げた大剣には乾いた血がこびりつき、ミシェルを見つめる目には、初めてギャラリーで出会ったときと変わらず、狂気と殺意が躍っている。

――もしかすると元々は礼拝のために作った部屋だったのかもしれないな。

変わり果てたクロエの姿を前にして、ミシェルはそんなことを考えた。

しかし、足元の絨毯《じゆうたん》を赤く染める大量の血痕《けつこん》と、十字架の傍らに立つ白髪の少女――本物のクロエがまとう禍々しい空気のせいで、今は冒瀆《ぼうとく》的な儀式の場にしか見えない。

「……クロエ、ぼくだよ、ミシェル・ダランベールだ」

一縷《いちる》の望みをかけて名乗ると、クロエはくすくすと楽しげに笑って、次の瞬間には血まみれの大剣を手に飛び掛かってきた。

ミシェルは最初の一撃をかわして、銀のナイフに手を伸ばす。

――クロエの呪いの化身は、ミシェルがやっているのは無駄なことだと言った。

呪いのせいで狂気と憎悪に蝕まれ、ミシェルの名前もわからなくなってしまったクロエには、もう、元のクロエにもどることはできないと、今夜ずっとミシェルと共に演奏してきたクロエも言っていた。

（やっぱりクロエを救うには、これを使う以外に道はないんだろうか？）

クロエが振り返る。ミシェルの手にした銀のナイフを見て笑い、血まみれの大剣を片手に真正面から突っ込んでくる。

大きく振りかぶった大剣は後ろの壁に突き刺さり、クロエの胴はがら空きになる。

クロエは大剣を壁から引き抜くのに躍起になっており、ミシェルの動きにまで気が回らないようだ。

──今なら殺せる。

そう気がついた次の瞬間、ミシェルは銀のナイフを床に放り捨てた。

澄んだ金属音を鳴らして床に跳ねたナイフを見て、クロエが動きを止める。

ミシェルは両腕を伸ばして、力いっぱいクロエを抱きしめた。

「…………!!」

呪いに支配されてから、ずっと無理を続けてきたクロエの肉体は、可哀想なぐらい痩《や》せていた。

ミシェルは涙がにじむのを感じながら、クロエを抱きしめる腕に力をこめる。

「……やっぱり、ぼく、きみにナイフは使えない」

腕の中でクロエの体が小さく跳ねる。

「……クロエを殺すことなんか……できない！」

呪いに支配されて正気を失っていようと、二度と元のクロエにもどることができなかろうと、彼女がずっと自分を待っていたクロエだということには、なんの変わりもない。

ミシェルに殺せるわけがなかった。

「……！………!!」

クロエが腕の中から逃れようと力任せに拳を叩きつける。

「いっ、いたっ、いたいよ、クロエ……」

逃げようとするクロエと逃がすまいとするミシェル、揉《も》み合っているうちに、ぱさりと二人の足元に紙片が落ちた。

しわくちゃの画用紙に描かれた、笑顔のミシェルとクロエ――クロエが描いてくれたお守りだ。

「………あ……!!」

クロエの動きが止まった。血走った目は足元のお守りに釘《くぎ》付けになっている。

「……クロエ？」

「……あ……あ、あ……」

クロエの体はミシェルの腕の中でガタガタと震え始め、不意に咽喉《のど》を裂くような絶叫をあげながら、ぷっつりと息が切れたように、そのまま崩れ落ちる。

同時に小部屋の外で、猫が争う声と激しく鈴の鳴る音、そして凄《すさ》まじい断末魔が響く。

「………!?」

ミシェルはクロエを抱えて扉を開けた。

隠し部屋のサロンは、まるで暴風雨でも吹き荒れたかのような惨状になっていた。

割れたテーブルの陰から、ふらふらとノワールが姿を現す。

「……ノワール？」

――にゃあ。

黒猫は弱々しい鳴き声をあげた。

ミシェルは気を失ったクロエをそっと小部屋の床に横たえ、ノワールに駆け寄る。

「どうしたんだ、こんなに怪我をして……」

ノワールは差し伸べられたミシェルの手に、力なく頭をすりよせた。

小さな体はボロボロで、歩くたびに点々と床に血の跡が残る。

がたん、と音がしたほうを見ると、壊れたソファの上に傷だらけの白猫がいた。

白猫は立っているのが不思議なぐらいの酷《ひど》い怪我を負っていたが、一声も鳴かずにノワールのそばに立つと、ノワールの小さな額をぺろりと舐《な》め、その場にぱたりと倒れて二度と動かなくなった。

「……もしかして、おまえ、ブランか？　一体どうしたんだ、これ……」

ノワールはミシェルの爪先《つまさき》をぽんぽんと二回、前足で叩いた。

それからミシェルの顔を見上げ、にゃあ、とひときわ陽気な声で鳴いて、幻のように消えてしまう。

「……あ……」

その奇妙な仕草が昔、ミシェルが落ち込んでいると必ず、仔猫のクロエがやっていた仕草と同じだと気づいたとき、ミシェルは呆然《ぼうぜん》と宙を仰いだ。

「……クロエ……？」

ミシェルの大切な友達は、名が変わり、死んで魂になった後も、ずっと変わらずミシェルの味方だった。

意識のないクロエを抱き上げて、ミシェルは中庭にもどった。

見上げた空は少しずつ白み始めている。

「……呪いは解けたのかな……」

ミシェルはクロエを腕に抱いたまま、じっと空を見上げる。

黒猫のクロエ……ノワールのこと、ブランのこと、わからないことは多いけれど、それでも生きて、朝を迎えられる自分は、きっと幸運だったのだとミシェルは思う。

「……ミシェル？」

微かな声で呼ばれて目線を戻すと、抱き上げた腕の中からクロエが自分を見つめていた。

「…………え？」

少し前まで狂気と憎悪にギラギラと輝いていた瞳が、今は優しい色を湛えている。

「…………ここは……」

「……クロエ。ぼくが、わかるの……？」

震える声の問いかけに、クロエの目は微かに見開かれた。

「……ミシェル？……ほんとに、ミシェル……？」

「……そうだよ、クロエ」

「……………」

クロエの大きな瞳にうっすらと涙が浮かび、震える唇が微笑みを浮かべた。

「……やっと、会えたの……」

ああ、自分はきっとこの笑顔が見たかったんだな、とミシェルは思った。

【最終楽章】

Chloe's Requiem
~infinito~

憎しみとは人類が抱く最も強く美しい感情であるというのが、アラン・アルデンヌの持論だった。

愛は冷め、喜びは色あせ、悲しみは薄れていくが、憎しみは時間が経っても消えない。たとえ表向きは静まったように見えても、心の底では燻《くすぶ》り続け、ほんの小さな火種をきっかけにしてあざやかによみがえるのが憎しみだ。

そして、憎しみを精錬し、純度を上げて結晶化させることで生み出される奇跡が『呪い』である。自身を滅ぼすほど強い憎しみを抱えながら、憎い相手に報復することすらできない弱者が、我が身を焼き尽くすことで呪いを手に入れ、奇跡を起こす。

若くして呪いに出会い、その現象の美しさに魅せられたアランは、自らの生涯を呪いに捧げることを決意し、作為的に〝呪い〟が生まれやすい状況を作るようになった。

アランは、自らの金と人脈と緻密《ちみつ》な計画を駆使して、これまでに三十八人の犠牲者を〝呪い〟による破滅に導いてきたが、罪の意識に悩まされたことは一度もない。

罪のない人間を精神的に追い詰め、絶望させ、その憎悪を深める方向に誘導する非人道的な行為も、アランにとっては真摯《しんし》でストイックな創作活動の一環に過ぎないからだ。

——そんなアランに娘が生まれた。子どものころから家族の縁が薄かったアランは、この世にこんな愛おしいものが存在するのかと驚き、傍目から見ても異常なほどの愛情を注いだ。

しかし、娘は生まれつき体が弱く、医師は二十歳までは生きられないだろうと診断した。アランは医師の言葉に衝撃を受けた。

世界中の誰よりも愛しい娘が、大人になる前に死んでしまう。この世から消えてしまう。

（そんなおそろしい喪失には耐えられない）

アランは愛娘のために名医を探し、高価な薬を飲ませ、にぎやかなパリの中心部から空気の綺麗《きれい》な郊外に住居を移した。

娘は次第に体も丈夫になり、すくすくと成長したが、アランは娘を失うかもしれないと思ったときの足元の地面が崩れていくような恐怖が忘れられない。

『……そうか、娘を〝呪い〟と同化させて殺し、悪霊に変えて現世に留めればいいんだ』

死に物狂いで愛娘を永遠に生かし続ける手段を探し求めた挙句に、そんな結論に達したとき、すでにアランの正気は完全に失われていた。

アランが狂った頭で書いた綿密な計画書に従って、愛娘を〝呪い〟に食わせる準備を開始したのは、彼女が五歳の誕生日を迎えた朝のことだった。

◆◆◆

――そして今、アランは急速に分解されていく自分の魂を現世に留めながら、少しでも安全な場所へ行こうと、必死で本館に向かっていた。

魂を守る器となる肉体を持たない死霊にとって、呪いの消えた中庭に漂う清浄な空気は、無数の針を体に突き立てられているような苦痛を与える劇毒物に等しい。

アランは幽鬼じみたボロボロの体を引きずって、なんとか館の中に転がり込んだ。

――一体どこで間違えたというのだろう。

気を抜けば体の末端、指先からするすると大気に解けていこうとする肉体を、苦労して留めながら、アランは頭の中で何度も同じ疑問を繰り返していた。

運命の夜――呪いに支配されて正気を失ったクロエが、アランを殺害した夜。

愛する娘に首を刎《は》ねられて死んだアランは、死の間際、クロエを最後まで見届けたいという妄執から自分の部屋に紛れ込んでいた白猫ブランの肉体に憑依《ひょうい》した。

人間に対する憎悪に骨まで染まったブランの体は、アランにとっては使いやすい道具となった。アランは、衰弱しきったクロエが呪いを抱えたまま死んで悪霊となり、最終的にはミシェルの呪いもブランの呪いも力の糧として吸収し、館の外の世界に影響を及ぼすまで見届けるつもりだった。

――生きているうちはクロエの完成を邪魔し続けた挙句、殺されてからも未練たらしく、館の内部をうろついていた黒猫の霊については、なにもできるわけがないと気にも留めていなかった。

ブランの人間に対する憎悪は、ノワールには想像できない深い闇だ。クロエを救いたいノワールと、すべての人間が破滅することを望んでいるブランの共闘はあり得ないとわかっている。たとえミシェルの演奏が館を支配する呪いを解き、運よく呪いの元凶を倒す奇跡が起きたとしても、クロエの悪霊化は決して避けられないはずだったのだ。

最大の計算違いは、アランの予想以上に早く身も心も呪いに食い尽くされつつあったブランの憎悪が、いつの間にか人類すべてではなくてアラン個人に向けられていたこと。

そして、ブランが自ら望んで呪いとなり、自分に憑依したアランの意識を呑《の》み込んで食い尽くそうと画策していたことだった。

最後の最後、ブランは自分の意志で抑制してきた憎悪と絶望を解放し、強力な呪いに変貌《へんぼう》した。

ブランが身のうちに抱えていた圧倒的な怒りの感情に焼かれ、アランは力の大半を奪われ、消滅の危機にさらされながら、魂を食い尽くされる前に、必死でブランから逃げ出したのだ。

——こんなはずはない、ありえない、一体どこで間違ったというのだろう。

クロエの肉体から弾き出された不純物がミシェルを招くことを見逃したのが間違いだったのか？　それとも、まさか、あのみすぼらしい黒猫を殺したことが間違いだったというのか……？

解けるはずのない呪いから解き放たれた館の空気は白々と明るく、すでにアランを護《まも》ってくれない。

どんどん擦り切れていく体を引きずって玄関ホールまで来たところで、扉が開いた。

そこに立っていた人物の姿を捉《とら》えて、アランは思わず驚きに目を瞠《みは》る。

それが今回の計画を台無しにしてくれた元凶のひとりである、ミシェル・ダランベールの双子の弟、ピエール・ダランベールだったからだ。

天才的な兄への嫉妬《しっと》に狂いそうになっている平凡な才能の持ち主。

特別な人間になって、周囲の人間から認められ、評価されることに渇望している孤独な子ども。過去のアランの創作活動において、最も貢献してくれたのは、常にこういう人物だった。呪いを抱えた天才に対する思慕と献身、それと裏返しの嫉妬と悪意が内在している平凡な人間。

――天才たちを絶望に突き落とすには、こういう人間を使うのが、最も効率がいい。

アランは暗がりを出て、ピエールに近づいた。

◆◆◆

アルデンヌ邸の玄関を開けて、中に足を踏み入れたとき、最初にピエールが感じたのは暗さだった。鎧戸《よろいど》を残らずおろしているせいか、玄関ホールは薄暗く、部屋の隅に闇がわだかまっている。

（ミシェルはどこだろう？）

周囲を見回しながら館の奥に進もうとしたピエールは、そこに思いがけないものを見て凍りついた。

――薄闇に溶け込むようにして、アラン・アルデンヌの亡霊がそこに立っている。

生前はおそろしい威圧感を放っていた長身は擦り切れて、すでに半ば光の粒子に分解し始めており、崩れかけた体はまっすぐに立つこともできない。

ただ、ギラギラと輝く両目の狂気だけが、以前と変わらぬ強さでピエールに訴えかけてきた。

『よくぞ来てくれた、ピエール。きみの力が必要だ、力を合わせ、共に至高の芸術を作り上げよう！』

アランがピエールに向かって手を伸ばした。骨ばった指先は凄《すさ》まじいスピードで分解されつつある。

『きみの協力さえあれば、わたしはこの世に再び天上の音楽を轟《とどろ》かせることができる。究極の旋律を、音楽のイデアを発見して、国や人種を問わず、すべての人間の心を震わせる曲を作ることさえ……』

「……あなたは死んだんですよ、もう曲は作れないんだ」

震える声で答えたピエールを、家から付き従ってきてくれたメイドが、ギョッとした顔で見つめる。

「坊ちゃん、一体、誰と話してるんです？」

どうやらメイドの目にはアランは見えていないらしい。

目の前まで近づいていたアランが、それを聞いて嘲弄《ちょうろう》するような笑みを浮かべた。

『そちらの使用人には音楽的素養が微塵《みじん》もないようだからな、私の声を聞く耳も持っていないのだよ。きみは彼女とは違うだろう？　ピエール、きみは選ばれた人間なのだから……』

「…………」

『ピエール、私を受け入れてくれ。もしも私を受け入れれば、きみを兄など足元にも届かないような、音楽史上に名を残す天才にしてやると約束しよう』

それは非常に魅力的な申し出だった。

少し前の――昨日より前のピエールだったら、もしかすると受け入れていたかもしれない。

しかしピエールは一瞬だけためらった後、ゆっくりと首を横に振った。

「……お断りします。ぼくはきっと、あなたの伴奏者にはなれません」

アランが薄ら笑いを貼りつかせたままで動きを止めた。

自分の申し出が拒否された、受け入れられなかったことが理解できないという顔をしている。

ピエールは悩みつつも、必死で言葉を探しながら説明を続ける。

「子どものころから、ぼくが好きな音楽は、楽しい音楽なんです。演奏者も聴く人間も笑顔になる曲が好きだったし、自分の演奏が誰かを笑顔にするのが、なによりも誇らしかった」

ただ好きなように好きな曲を弾いていられた子ども時代、ミシェルは今と違ってよく笑っていた。

『ぼくは、お前が弾いているのを聴くだけで、自然と笑顔になっちゃうんだよ！』

——どうして忘れていたのだろう？　ミシェルは昔から少しも変わっていなかった。

ピエールの音楽を誰よりも必要とし、愛してくれたのは、いつだってミシェルだったのに。

じわりとにじんだ涙を手の甲でこすって、ピエールはアランと向き合った。

「……あなたは。ぼくの苦しみはミシェルが消えれば解決することだといっていたけど、それは違う。もしもミシェルを失ったら、きっとぼくは二度と笑って演奏なんかできない。ぼくにとってミシェルは大切な……大好きな家族なんだ！」

目の前のアランの姿が大きく歪《ゆが》んだ。受け入れられて当然だと思っていた申し出を拒絶された驚愕《きょうがく》と、理由が分からないという戸惑いと、そして自分の存在が霧散していく絶望に、アランは両手で顔を覆って絶叫する。

そのとき、開け放したままの玄関ドアから入ってきた東風に吹き散らされるように、異形の作曲家、アラン・アルデンヌは消滅した。ピエールは微《かす》かな同情と共に目を閉じて、彼の冥福《めいふく》を祈る。あれは一歩間違えば、ピエールがたどっていたかもしれない道だ。

「……なんだかここ、さっきより少し明るくなった気がしますね、ピエール坊ちゃん」

言われてピエールも目を開け、あたりを見回した。

アルデンヌ邸の玄関ホールは、まるでもう何十年も人が入っていない廃墟のように荒れている。床はひび割れ、カーテンはぼろぼろで、ひどい状況だ。

それでも、天窓から惜しみなく降り注ぐ陽の光に照らされた景色はとても、とても美しかった。

「……そういえば、さっきの独り言ですけれど、坊ちゃんの好きな曲の話なんて、初めて聞きました」

「ははは……きみにはミシェルの愚痴ばっかり聞かせてたから……それに、興味もないだろうし……」

苦笑いするピエールに、メイドが身を乗り出す。

「なんでですか？　あたしはもっと聞きたいですよ、ピエール坊ちゃんのいろんなお話を。他の子にももっと聞かせてあげてください」

思いがけず熱意のこもった要望に、ピエールは面食らったように瞬きをして、それからぽつぽつと、ほんの少しだけ顔を赤くしながら話し始める。

「……今は、まだ母様が生きていたころみたいに、笑顔で、楽しく演奏できるような曲を探したいな。ミシェルにも手伝ってもらって、いくら弾いても終わらないぐらい、たくさん……」

遠くから微かなヴァイオリンの音色が聞こえてくる。

――聞き間違えるはずもない、あれはミシェルの演奏だ。

美しくも物悲しいメロディを道しるべに、ピエールはメイドと共に小走りに駆け出した。

◆◆◆

『……ねぇ、ミシェル。クロエ……朝日が見たいな』

クロエが初めて自分に望んださささやかな願いを叶《かな》えるため、ミシェルはクロエを抱き上げたまま、館の裏手に回った。ヴァイオリンは置いていくつもりだったが、クロエがせがんだので腕に抱えさせてやる。

クロエは飴色《あめいろ》のヴァイオリンケースを、とても愛おしいもののように胸に抱きしめ、頬を寄せた。ふたりは手入れされた木立の間を抜けて、館の裏手に広がる丘に出る。

足元には造花ではない白い野の花々が咲き、朝露に濡《ぬ》れてひんやりした芳香を放っていた。

「……良い眺めだね、クロエ」

「…………そう、ね……」

丘の上からは遠い緑の山並みまで一望できた。

館に閉じ込められていたのは、たった一夜のことだったというのに、不思議なことにミシェルは、外の景色を見るのはとても久しぶりな気がした。

明け方の風を頬に感じながら、ミシェルは腕の中のクロエに静かな声で呼びかける。

「……クロエ、いろんなことがあったね」

この場所にたどり着くまで、忘れたくなるようなつらいことや、逃げたくなるようなことばかりで。自分が作り出してしまった呪いに支配されて、たくさんたくさん苦しんで。

「……ねえ、クロエ。きみの人生は……不幸だった？」

群青の空にゆっくりと、やわらかな薔薇色《ばらいろ》が広がっていく。

「……きれいね、ミシェル……」

クロエは少しずつ明るくなっていく空を夢見るような眼差《まなざ》しで見つめている。

「……あのね。クロエ、いままでは、生きるって、いやなことばっかりって、そう思ってた」

明け方の東風がクロエの銀の髪を優しく撫《な》でた。

それまでずっと遠くを見ていたクロエの瞳《ひとみ》がミシェルを映す。

「……でもね、いま、ここに、いられて……この景色が、とてもきれいで」

クロエが笑った。ミシェルは微かに目を瞠り、声もなくクロエの笑顔を見つめる。

呪いに肉体を支配され、体を酷使したせいで随分とやつれてはいたが、その顔に浮かんでいるのは、ずっと昔、まだクロエが幸せな子どもだったころに浮かべていたのと同じ、屈託のない笑みだ。

「……クロエ、幸せなの。とっても幸せ……ありがとう、ミシェル……」

「……そうか。それなら、よかった……」

クロエはミシェルの肩に頭を預け、ゆっくりと目を閉じる。

その華奢《きやしや》な手足から力が抜けていくのに気づいて、ミシェルは空を仰いだ。堪え切れなかった涙がまなじりからすうっと流れ落ちる。

山の向こうから昇りはじめた陽光が遠い緑の嶺《みね》を照らし、空は見る間に朝焼けの色に染まっていく。ミシェルは言葉もなく、静かに広がっていく金色の風景に見惚《みと》れた。

「…………夜も、終わりだね……」

静かな朝が訪れて、ミシェルは昇る朝日を眺めながら悪夢のような一夜を振り返る。

きっと繰り返し夢に見るだろうおぞましい経験や、思い出すだけで胸が痛む悲しい記憶に混じって、奇跡のように美しいものや、歪《いびつ》ではあるが愛おしいものも、そこには間違いなくあった。

悪夢の中で出会ったものは、まばゆい朝日を浴びれば幻のように消えてしまうが、いつまでも永遠に消えないものだって、きっとあるのだ。

ミシェルはクロエの体をそっと花の中に横たえる。朝日に照らされた白い顔には、楽しい夢でも見ているかのような、おだやかな笑みが浮かんでいた。

「おやすみ、クロエ」

ミシェルはゆっくりと背後を振り返った。呪われた館は朝日を浴びて、そこに静かに佇《たたず》んでいる。

「ねぇ、クロエ。きみのおかげでね、ぼくは生まれて初めて、ヴァイオリンをやっててよかったって、そんなふうに思えたんだよ」

ミシェルはクロエが抱えていたケースを開けてヴァイオリンを取り出した。

「きみが、ぼくのために祈ってくれたから、ぼくはもう二度とヴァイオリンを嫌いになったりしない。だからぼくのことは心配しないで、ゆっくりと眠っていいんだ」

ちりんとポケットの中にある鈴が微かな音を鳴らす。

その音に、ミシェルは時を経て帰って来た大切な友達を思い出し、泣き笑いの表情を浮かべる。

「……お前もね、クロエ。ぼくは大丈夫だから……」

ミシェルはヴァイオリンを構えた。

「どうか、ぼくの大好きなクロエたちが、安らかに眠れますように」

永遠に忘れられない一夜が明け、夜会に訪れた客たちは各々の寝床に帰っていく。

だから呪われた館での演奏会でミシェルが最後に弾くのは、安らかな眠りを祈る曲だ。

ミシェルは自分を救ってくれたふたりのクロエが、悪夢に邪魔されたりせずに、ひたすら心安らかに眠り続けることを祈って、本日最後の演奏を捧げる。

曲目はクロエのレクイエム――呪いに支配された少女の魂から生まれた鎮魂曲だ。

やわらかなヴァイオリンの音色が早朝の澄んだ空気に解けていく。

（あともう少ししたら、家に帰ろう）

頭の中の楽譜を追いながらミシェルは思う。

あんな事件を起こして飛び出してきたのだから、きっといろいろな人がミシェルを探している。

ミシェルのしたことは取り返しのつかないことばかりだが、もう二度と逃げ出すつもりはない。

自分の背中を押してくれたふたりのクロエに、恥じない人間でいたいから。

だから逃げずに自分の罪を償って、この先もクロエが行けなかった場所まで歩いていくのだ。

（……家に帰ったら、ちゃんと、シャルロットのことを打ち明けよう）

そして父親と、メイドと、ピエールに謝るのだ。たとえ一生、許してもらえないとしても。

（……だってクロエはきっと、そうしたかったはずだから）

ミシェルは花の中に横たわるクロエに向かって、優しく微笑みかける。

ふたりのクロエに捧げるレクイエムが、少し冷たい朝の風に乗って遠くまで運ばれていく。

ミシェルの前に広がる空は、どこまでも青く静かに澄んでいた。

あとがき

Chloe's Requiem

~infinito~

2013年6月、私ことぬばりんが深夜にふと思い立ってベッドから飛び起き、企画書を書いたのが始まりでした。

最初はしばらく置いておこうと決めていたはずなのに、いつの間にか「クロエのレクイエム」に憑りつかれたようにそのことばかり考える日々を過ごすようになっていました。そういう意味でこの作品は私にとって不思議な魅力を秘めています。

本書も、そんなクロエのレクイエムの世界観を十二分に楽しむことの出来る作品になったのではないかなと感じていますし、こうして世の書店に並ばせていただけることを大変光栄に思います。

書籍化のお話を頂いたときは、相方と二人で飛び上がって喜びました。

この作品が本になって並ぶ姿を、ずっと夢に思い描いていたからです。(当初は、この作品がここまで人々に愛していただけるとは思いもかけなかったのですが)ですので、こうして皆様のお手に取っていただけることを、大変幸福に思います。

ブリキの時計　ぬばりん

音楽を担当しておりますななしのちよです。

この度は本書をお手に取って頂きありがとうございます。「クロエのレクイエム」という作品はクラシック音楽を題材とした物語なのですが、書籍のお話を頂いた際、音楽が鍵となってくるゲームをどうやって本にするのだろう? また、それと同時に再現することは難しいのではないか? など考えていました。しかし、少しずつ本が出来上がっていくにつれ、その不安は消えていき、ここからどう展開するのだろうとか、この音楽の意味はどう使われていくのだろう、など作者自身ワクワクドキドキしながら読んでいました。

副題の「infinito」とは音楽用語で「無限の・永久」といった意味があります。この作品が末永く皆様の心に残ってほしい、そんな気持ちを込めてつけさせて頂きました。

今後も、クロエちゃんやミシェルくんをはじめとする「クロエのレクイエム」を見守って頂けると幸いです。

ブリキの時計　ななしのちよ

こちらにも何かできないかと考えた結果、番外編を作ることに決めました。

タイトルは「クロエのレクイエム -Con amore-」。

せっかくだからと小説版とリンクさせ、物語をより深く理解できるように考えてみました。

本編で描けなかったことや小説版で更に掘り下げられた部分が入り、「クロエのレクイエム」という作品をより広げていけたらなと思っております。

また、裏表紙にも描かれ、小説でも重要な役割を果たした二匹の猫、ノワールとブランのことを番外編ではより掘り下げております。小説版を読んで興味を持って下さった方は、ぜひ番外編の方もプレイしてみてください。


さて、最後になりますが、本書がこうして書籍として出来上がったのは様々な方のお力があってこそでした。ノベライズのお話を下さり、色々とご迷惑をおかけしたりしましたが、丁寧な対応で一緒に作品を作り上げてくださった宮川夏樹様、クロエのレクイエムの世界観を見事に表現し、キャラクターの心理を深く理解し広げてくださった作家の黒川実様、高崎とおる様、美麗なイラストでキャラクターなどの魅力を最大限引き出してくださった市ノ瀬雪乃様、そしてなにより「クロエのレクイエム」を応援して下さった皆様、この場を借りてお礼を申し上げます。本当にありがとうございました。

ブリキの時計

お初にお目にかかります。黒川実と申します。このたびは『クロエのレクイエム』ノベル版の執筆を担当させていただき、長年の夢だったホラー作家の称号を手に入れることができました。

あとがきは苦手ですが、共著者がしれっと「任せた」と投げてきたので……今回の執筆中に彼の胃に穴をあける勢いで迷惑をかけまくった身としては断るわけにもいかなくて……はい。

さてノベル版では、原作の重要な魅力のひとつであるパズル要素が大幅に削られています。視覚と聴覚を使うパズルの魅力は文字媒体の小説では伝えきれないとはいえ、ゲームで大いに頭を悩ませ、楽しんだプレイヤーの一人としては、ひそかに無念な点でもあります。

中でも地下室のピアノ関連の色々が素晴らしいと思うのですが――未プレイの方々は是非、今からでもＤＬしてみてください。きっと共感してくださると信じています。

今回は、色々な方のご縁で、こうしてこのあとがきを書いています。

原作者であるブリキの時計のお二方に、心からの感謝を。とても楽しいお仕事をさせていただきました。本当にありがとうございました。

最後に、この本を手に取ってくださった方々に最大級の感謝を。読んでくださる方あっての我々です。もしもご縁がございましたら、またどこかでお会いいたしましょう。

黒川　実

あとがき。
クロエのレクイエム、小説発売おめでとうございます!!♡
表紙・挿絵を担当させて頂きました!
大好きなクロエたちが
描けてたのしかったです(;ω;)♡
とくに
ミシェルくん大好きです。
ブリキの時計さま・担当さま・
関わった方々・読者の皆様に
感謝感謝です!!
本当にありがとうございました!
2014.11
愛しのクロエちゃん♥
P.S ゲームの続編
公開おめでとう
ございます!

クロエのレクイエム　infinito《インフィニート》

2014年11月21日　初版発行

原作／ブリキの時計《とけい》

著者／黒川《くろかわ》 実《みのる》・高崎《たかさき》とおる

イラスト／市《いち》ノ《の》瀬《せ》雪乃《ゆきの》

発行者／堀内大示

発行所／株式会社KADOKAWA
東京都千代田区富士見2-13-3　〒102-8177
電話　03-3238-8521（営業）
http://www.kadokawa.co.jp/

編集／角川書店
東京都千代田区富士見1-8-19　〒102-8078
電話　03-3238-8694（編集部）

印刷所／旭印刷株式会社

製本所／本間製本株式会社

ISBN 978-4-04-102276-4　C0093

Thank you for reading
this to the end.

Illustration by ブリキの時計